21世纪华语诗丛·第三辑

韩庆成/主编

# 去南边找北

高伟 著

知识产权出版社

全国百佳图书出版单位

——北京——

**图书在版编目（CIP）数据**

去南边找北/高伟著. —北京：知识产权出版社，2020.9

（21世纪华语诗丛/韩庆成主编. 第三辑）

ISBN 978–7–5130–7090–4

Ⅰ.①去… Ⅱ.①高… Ⅲ.①诗集—中国—当代 Ⅳ.①I227

中国版本图书馆CIP数据核字（2020）第141406号

责任编辑：兰　涛　　　　　　　　责任校对：谷　洋

封面设计：博华创意·张冀　　　　责任印制：刘译文

# 去南边找北

高　伟　著

| | | | |
|---|---|---|---|
| 出版发行：知识产权出版社有限责任公司 | 网　　址：http://www.ipph.cn |
| 社　　址：北京市海淀区气象路50号院 | 邮　　编：100081 |
| 责编电话：010–82000860 转 8325 | 责编邮箱：zhzhuang22@163.com |
| 发行电话：010–82000860 转 8101/8102 | 发行传真：010–82000893/82005070/82000270 |
| 印　　刷：三河市国英印务有限公司 | 经　　销：各大网上书店、新华书店及相关专业书店 |
| 开　　本：880mm×1230mm　1/32 | 印　　张：7.75 |
| 版　　次：2020年9月第1版 | 印　　次：2020年9月第1次印刷 |
| 字　　数：84千字 | 全套定价：218.00元（共十册） |

ISBN 978–7–5130–7090–4

# 新世纪诗歌的一份果实

赵金钟

　　基于今天的语境，我们似乎可以下如此断语：网络引领了 21 世纪的诗歌。毫不夸张地说，当下最强劲的诗歌"潮流"是网络诗歌。它凭着新媒体的优势，以一种新的审美追求，猛烈袭击着纸媒诗歌，对传统诗学提出了挑战。所以，我们讨论新世纪诗歌，无论如何也绕不开网络诗歌。网络诗歌给新诗创作带来了新的元素。与此同时，由于其临屏书写的自由，又给网络诗歌自身，进而给整个诗歌创作带来了新的问题。这也是我们讨论新世纪诗歌必须参照的"坐标"。

一

　　进入 21 世纪以来，利用互联网进行创作或发表诗歌作品的现象十分活跃。学术界或网络界一般称这类诗歌为"网络诗歌",也有人称之为"新媒体诗歌"(吴思敬)。它的出现给诗歌的创作与传播带来了深刻的影响,"在改变了诗歌传播方式的同时,也改变着诗人书写与思维的方式,并直接与间接地改变着当代诗歌的形态。"[1]它给诗坛带来的冲击力不啻为一次强力地震,令人目眩,甚至不知所措。赞成也好,不赞成也好,网络诗歌就不由分说地站在了我们面前,并改变着传统媒体诗歌业已形成的写作传统,直至形成了新的审美体系。韩庆成在《中国网络诗歌 20 年大系》的序言中认为,网络诗歌在诗歌载体、诗歌话语权、诗歌界限和标准、诗人主体、先锋诗人群体五个方面,对传统诗歌进行了"颠覆"。[2]

网络诗歌首先带来了诗歌写作的极端自由性。这是传统诗歌无法企及的。网络是一个极其自由的场域。它的匿名性和虚拟性创造了一个"去中心"或"多中心"的民主意识形态空间,以让写作者自由地临屏徜徉。网络作为巨大而自由的言说空间,为诗人存放或呈现真实的心灵提供了广阔无边的平台。这一写作环境给予写作者空前的"自主权",使得写作真正实现了"自由化"。自由是网络诗歌的灵魂,也是新诗写作的灵魂。然而,由于各种诗人难以自控的外力的影响,纸媒时代,诗歌的这一"灵魂式"的特性却常常难以完全呈现。这种状况在自媒体出现的时代得到了极大的改观,网络诗歌引领诗歌写作朝着深度自由发展。

当然,过度的"自由"也带来了一些麻烦:有的诗人任马游缰、信手写来,使得他们的诗作常常在艺术上与责任上双重失范。这不是自由的错。但它提醒诗人:艺术的真正自由不是"无边界",而是在有限中创造无限,在束缚中争得自由。自由应是创作环境与创作心态，而不是创作本身。无节制的"自由"还带来了另一种现象："戏拟、恶作剧心理大量存在，诗的反文化、世俗化、极端个人主义倾向非常明显。"[3]这在一定程度上损害了诗的健康发展，需要我们高度警惕。

我欣喜地看到，"21世纪华语诗丛"这套专为网络会员和作者服务的"连续出版的大型诗歌丛书"，正是在这样的背景下应运而生。丛书第三辑的十位诗人，在网络诗歌时代恪守着诗歌的艺术"边界"，他们各具特色的诗歌作品，从某种意义上，代表了当今网络时代诗歌的"正向"水准和实力。

## 二

生活化，是新世纪诗歌写作的另一重要审美追求。这里的生活化，既是指诗歌写作贴近现实生活，表现生活的质感和生命，又是指写作是诗人们的生活内容，是他们为自己生产消费品的一部分，更是他们实现自我价值的重要途径。

在《1844年经济学—哲学手稿》一书中，马克思首次把人类的本质规定为自由、自觉的生产活动，并明确指出："宗教、家庭、国家、法、道德、科学、艺术，等等，都不过是生产的一种特殊方式，并且受生产的普遍规律的支配。"[4]在此处，马克思在将艺术活动看作一种生产的同时，又将它与政治、法律、宗教、道德等活动一同作为整个社会生产的一种特殊的精神生产形式加以论述。根据马克思对社会历史客观过程的分析，人类生活可分为物质生活与精神生活两大领域。为了满足自身这两种生活的需要，人类必然要从事物质的和精神的生产。同样的道理，诗歌写作其实也是写手们在为自己、扩展而为人类生产精神产品，并在这一生产过程中完成自我价值的实现。

从这套诗集中，我们能够感觉到写作对于诗人的重要性。它对于诗人，是为了释放，为了交流，也是为了提升，为了自我实现。因此，写作成了他们生活的重要内容，是他们向世界发声或讨要生活的工具。

> 从此，不从地下取水／我的井在天上／不再吃尘埃里的一粒粮食／我的粮仓在云上
>
> ——黄土层，《纺云》

像这样的诗歌，以极简约的文字呈现着来自生活的深刻感悟，就是难得的好诗。新世纪诗歌存在着一种重要现象，即大量被往常诗歌所忽视或鄙视的形而下情状堂而皇之地进入诗的殿堂，并被诗人艺术性地再造或再现，是生活化或日常化的一个重要递进。

## 三

新世纪诗歌的后现代性已为学界所关注。实际上，后现代性早在20世纪"新生代"即"第三代"诗歌那里就明显存在了，且引起了不小的争议。而在新世纪，它似乎表现得更明显和更深入。"后现代主义"的介入，给中国诗歌带来了相当大的冲击，甚至可以说，它深度改变了中国当代诗歌发展的格局。

后现代性感兴趣的是解构。西方后现代主义哲学，即乐意

从不同层面解构传统的逻各斯中心主义，消解以逻各斯为中心的关乎"规律与本质"的意义结构。它的突出特征是解构宏大叙事，消解历史感，具有"不确定的内向性"。而受其影响的新世纪诗歌中的后现代性，则又具有"平面化""零散化""非逻辑性""拼贴与杂糅""反讽与戏拟""语言游戏"等特点[5]。如果细数这些特点的优点的话，则可能"反讽与戏拟"更有较为永恒的诗学价值与审美意义。也正是在这一点上，新世纪诗歌为中国诗歌提供了可贵的新元素。

> 如今我活着 比任何一个死人都坚强 / 像一株无花果 敢于没有和不要 / 我的自在 不再是花开不败 / 而是不开花
>
> ——高伟，《第 1 朵花：无果花》

这首诗有着明显的"后现代主义"色彩：反讽、反仿、反常理等。诗人以一种略带调侃的口吻消解主题的严肃性和目的。这是"后现代主义"反叛"古典主义"和"现代主义"，消解中心、解构意义价值观的体现。不过，剥去这些表象，单从取材角度和情感取向来看，这首诗歌还是较为清晰地表现了诗人对于生命价值乃至人类某种崇高性的思考。

第三辑中的每部诗集，都有可资圈点之处。马安学的《谒宋玉墓祠》：隔着两千多年的距离/踏着深秋的落叶，我去看你；老家梦泉的《北方的雨》：在北方/雨水/是你梦中的情人//深闺的围墙/总是/高高的；赵剑颖的《槐花开》：五月，白色花穗从崖畔/垂挂亿万串甜香，春天已经走了；香奴的《幸福的分步式》：把红酒倒在杯中三分之一处/我总是停不下来//要么斟满，要么一饮而尽/我不喜欢幸福的分步式；于元林的《我们相逢在一朵古老的泪花上》：这个春夜 天空缓缓降下/银河如大街一般 亮着灯光/我们相逢在一朵古老的泪花上/我们要到初醒的蛙鸣里去说话；南道元的《谷雨》：谷雨断霜，掩瓜点豆/持续的降雨不会轻易停止/在南方/春天步入迟暮；钟灵的《晒薯片》：田畴众多。越冬的麦苗上/细长而椭圆的红薯片/宛然青黄不接时，乡亲们饥饿的舌头；袁同飞的《童谣记》：时光那么深，也那么久/遥远的歌声里，仿佛能长出翅膀/长出枯荣。像这样出彩的诗句，诗集中俯拾皆是。这些作品，都凝聚着诗人独具个性的诗性体验。是啊，诗是一种高度个性化的"物种"，只有那些异于常人的观察、发现、体验，才能发出个体的味道。跟"文"（散文、小说等）相比，诗更看重内情的展示，看重结构上的化博为精、化散为聚，看重将"距离"截断之后的突然顿悟。因为"人们要求的是在极短的时间里突然领悟那更高、更富哲学意味、更普遍的某个真理。这可以是诗人感情的果实，也可以是理性的果实。诗没有果实，只有'精美'的外壳（词句、描绘）是一个艺术上的失败。"[6]

"21世纪华语诗丛"第三辑，正是新世纪繁茂的诗歌大树上结出的"感情的果实"。

（作者系岭南师范学院文学与传媒学院院长、教授，广东省中国当代文学学会副会长。）

**参考文献：**

[1] 吴思敬. 新媒体与当代诗歌创作 [J]. 河南社会科学，2004（1）：
    61－64.

［2］韩庆成. 颠覆——中国网络诗歌 20 年论略 ［G］//韩庆成，李世俊. 中国网络诗歌 20 年大系. 悉尼：先驱出版社，2019.

［3］王本朝. 网络诗歌的文学史意义 ［J］. 江汉论坛，2004（5）：106 - 108.

［4］马克思. 1844 年经济学—哲学手稿 ［M］. 北京：人民出版社，1979.

［5］张德明. 新世纪诗歌中的后现代主义文本浅谈 ［J］. 南方文坛，2012（6）：84 - 89.

［6］郑敏. 诗歌与哲学是近邻：结构 - 解构诗论 ［M］. 北京：北京大学出版社，1999.

# 目 录
## CONTENTS

## 第一辑 百 花

第 1 朵花：无果花 …………………………………………………… 003

第 2 朵花：莲花 ……………………………………………………… 005

第 3 朵花：木棉花 …………………………………………………… 006

第 4 朵花：死不了花 ………………………………………………… 007

第 5 朵花：银杏花 …………………………………………………… 009

第 6 朵花：马兰草 …………………………………………………… 010

第 7 朵花：打破碗花 ………………………………………………… 011

第 8 朵花：葎草花 …………………………………………………… 012

第 9 朵花：苍耳花 …………………………………………………… 014

第 10 朵花：威灵仙花 ………………………………………………… 015

第 11 朵花：樱花 ……………………………………………………… 017

第 12 朵花：二月兰花 ………………………………………………… 019

第 13 朵花：核桃花 …………………………………………………… 020

第 14 朵花：玫瑰花 …………………………………………………… 022

第 15 朵花：梨花 ……………………………………… 024

第 16 朵花：菊花 ……………………………………… 026

第 17 朵花：大丽花 …………………………………… 028

第 18 朵花：杜鹃花 …………………………………… 029

第 19 朵花：梅花 ……………………………………… 031

第 20 朵花：牡丹花 …………………………………… 033

## 第二辑　词　语

1. 我抹掉过去像抹掉一颗词语 ………………………… 037

2. 把自己打坐成一颗词语 ……………………………… 039

3. 请出字典中高烧不退的词语 ………………………… 041

4. 我写下词语　因为我绝望 …………………………… 043

5. 那最低的词语蒙着尘垢 ……………………………… 045

6. 大成字典里最沉的词语 ……………………………… 047

7. 我煮自己的泪给词语煲汤 …………………………… 049

8. 万泉河畔的词语 ……………………………………… 051

9. 我喜欢把自己形同虚设如词语 ……………………… 053

10. 没有词语的日子 ……………………………………… 054

11. 为一只蝴蝶我向亲爱的词语道歉 …………………… 056

12. 要来没有人要的词语来与蝴蝶匹配成诗 ………… 058

13. 给词语上营养让它们长肉 …………………………… 060

14. 词语是我的主食 ……………………………………… 062

15. 在我们之前词语其实就是永生的植物 …………… 064

16. 我拿词语来建房子住 ………………………………… 066

17. 像词语那样超现实地活着 …………………… 068

18. 因为词语 我才肯在这个世界上遗世独立 ……… 070

19. 词语是一场泪水 …………………………… 072

20. 除了写下词语 其余的都是犯罪 ……………… 074

## 第三辑 歌泪同飞

1. 在你不知道被我握着的时候 我才握着你 ………… 079

2. 今夜 我比死亡还黑 比伤口还疼 ……………… 081

3. 我正在看着死亡 怎样取走我爸爸的命 ………… 082

4. 它非得让我眼睁睁地看着光在怎样灭 ………… 084

5. 今晚你躺在纸做的大盒子里面一动不动 ……… 086

6. 我眼见着你在缩小 像一块风干的肉 ………… 088

7. 我看见大火在舔弄你的身体 ………………… 090

8. 谢天谢地你再也不能再死一次啦 …………… 092

9. 我知道了什么是真正的倒计时 ……………… 094

10. 你终于从爸爸变成相片了 ………………… 096

## 第四辑 芳 心

芳心 ……………………………………………… 101

冲动 ……………………………………………… 103

意义 ……………………………………………… 105

破坏 ……………………………………………… 107

豪雨 ……………………………………………… 110

童年 …………………………………………… 112

小物 …………………………………………… 114

豪赌 …………………………………………… 116

鸟事 …………………………………………… 118

荒目 …………………………………………… 120

## 第五辑　我的慢时光

菊花茶 ………………………………………… 125

每一朵菊花都是一条命 ……………………… 127

后沟，我的慢时光 …………………………… 129

欲擒故纵 ……………………………………… 131

红的花绿的叶 ………………………………… 132

万叶落下 ……………………………………… 133

沂山的苍茫是神品 …………………………… 134

寂静之门 ……………………………………… 135

陕北唢呐 ……………………………………… 136

海边的白蜡树 ………………………………… 138

去远方看一朵穿裤子的云 …………………… 140

稀疏的银杏林 ………………………………… 142

十字架让我来背 ……………………………… 143

光 ……………………………………………… 145

九条命的猫 …………………………………… 147

皈依是在我正在行走的路上 ………………… 149

夏天和我一起坐在海旁边的椅子上 ………… 152

海岛笔记 ……………………………… 154

玩物一点也不丧志 ……………………… 156

写下不存在的光明 ……………………… 158

@亲爱的自己 …………………………… 159

阴雨修书 ………………………………… 161

主呵，是去爱的时候了 ………………… 162

新 ………………………………………… 165

阳台看马 ………………………………… 167

熊 ………………………………………… 169

雪 ………………………………………… 171

几多愁 …………………………………… 173

## 第六辑 我想知道得更少

我想知道得更少 ………………………… 177

以卵击石 ………………………………… 178

不怕就不怕了 …………………………… 180

不一样又怎样 …………………………… 181

关键 ……………………………………… 182

诗经 ……………………………………… 183

与大自然合并同类项 …………………… 184

心不比天高 ……………………………… 185

卡夫卡的疾病和甲虫 …………………… 186

爱春天也爱冬天 ………………………… 187

伤疤是我的勋章 ………………………… 188

一滴雨 ·················································· 189

梦里的我并不一定就是假的 ······················ 190

## 第七辑　像妖一样去热爱

量子纠缠　我们遇见 ······························· 193

像妖一样去热爱 ······································ 195

爱我你就要活过我 ··································· 197

至爱至仇之声 ········································ 199

这些叶子被我允许成为动词 ······················ 201

你必须假装到我老糊涂了才行 ··················· 202

七年就痒的爱情不是我们的爱情 ················· 204

把一枝梅花弄到梅花带雨 ························· 206

不傻的人不配来弄梅花 ···························· 208

玫瑰像黄金开放命令我舞蹈 ······················ 210

我们到不需要创新的事物里面去 ················· 212

那晚我们种下这个国宝级的汉字 ················· 214

我更喜欢你身体的美让夜晚邪不压正 ············ 216

我愿意和你一起光彩照人地去痛苦 ·············· 218

没有你我就不知道我的身体德艺双馨 ············ 220

我用地里长出来的字书写我们的爱 ·············· 222

你对我的爱狭隘像剑上的蜜 ······················ 224

没有你的来生我也是不要的 ······················ 226

你制造的也是我愿意的 ···························· 228

形而上　形而下　我们全爱 ······················ 230

第一辑　百　花

# 第 1 朵花：无果花

如今我活着　比任何一个死人都坚强
像一株无果花　敢于没有和不要
我的自在　不再是花开不败
而是不开花

万物来自无物　百花来自无花
没有无花　哪来百花
百花美丽我就去点赞
我依然无花　无花得知足

无花也不错　无须葬花和凋零
不用借景伤情
连爱情都不再非要去天长地久

不再需要奔跑和索要
我已经很好　无须填补和更改
接纳自己　如我每一个当下所是
我正在试着全然地爱着生命和生活
如它们现在这样
我终于学会了看　世界美如神迹

我的果实就是无花

一如寺院回响的钟声

布置的一片禅意

我的寂静是一种清福

喜欢慢 喜欢下自己的雨和雪

不挣扎 不狰狞 不恐惧

不开花

# 第2朵花：莲 花

放下屠刀　未必立地成佛

但我依然选择放下　放下

如一朵莲花　打开心形的花瓣

无为是一种为　不是一种无

就好像空不是一种无　而是一种

大有

每个人都有自身的风水

让所有的人在前面走吧

我留在这里　一个人

灵魂在水面下成熟

白天开花　仿佛打开生命

夜晚闭合　像闭合一颗心

当我放弃我认为我是谁

我就是自己的全部

# 第3朵花：木棉花

如果你是橡树　我就是木棉树
我不去做舒婷诗里的那一棵木棉
即使全国人民齐声赞美这棵木棉
我也不做

我做我自己　我才不只站在你身边呢
仅仅和你遥相呼应　这爱情太穷了
我要长在你的生命里
我要把家安在你的心里面
用藤缠紧你　吸你的血吸你的髓
吸你魂里面一个兵团的灵性

我要和你长成一个人
一个人就是你和我
如果我们还是两个人　这爱情我就不要了
如果你中没有我　我中没有你
你也不是我的橡树　我也不是你的木棉

没有我这棵木棉
你又是一棵什么样的橡树
你看起来比我更愿意这样活
王八看绿豆　我们照样门当户对

# 第4朵花：死不了花

从明天起　做一个幸福的人
不　不用等到明天现在就做起
一个幸福的人　想做幸福人的海子
已经死了　那么我就像一朵死不了花那样
接着去活
为美好的或不美好的事物
不怕卑贱地去活

死磕或者热爱　意味着对待活着
非如此不可而不是
不得不如此
因为必死无疑　我才决定像死不了花那样
无法无天地去开放　无法无天意味着
我要专门去做不敢做的事情
把伤口当成是行动的入口
把走投无路当成路
把黑暗当笛子吹
在溃疡的地方文身　文上一朵
死不了花

像死不了花那样给块泥巴就能活

根本用不着三室一厅
像死不了花那样
在不花钱的事物里面活得最好
阳光给我涂上五颜六色　　风让我跳舞
有口氧气我就死不了

说出真理就是耗尽一生　　那么
我就只埋头开花
一直开到黑暗也长出光明的皮肤来
只有存在的东西才会消失
那么我就让自己不存在
像小雨点跳进大海里那样不存在
像小雨点待在大海里那样不消失

如果非死不可　　我就把死
当成一枚创可贴　　我就会被救活
把我救活成一朵死不了花

# 第 5 朵花：银杏花

风吹得轻柔　阳光静美

银杏让每一片叶子都有梦

所有的梦都开着简单的黄花

所有的黄花都不喜欢嚷嚷

这个下午的情欲就是这么单纯

我也没有姓氏　不再姓甚名谁

连前世今生都不牵扯


这个做着简单的梦的下午的银杏啊

每一片叶子都那么高兴

这是生命中最好的一天

所有的东西都是为了让我达到最好而呈现

所有的过去都是神为了救赎我而设置

我需要的一切正在来临

这个开着简单的银杏叶子的下午啊

我面朝大海　鼠目寸光

## 第6朵花：马兰草

风吹来风吹去

马兰草像一个一个晃着小手学步的孩子

漫山遍野都是孩子

我喜欢得张大嘴巴　喃喃自语

承担这恰好可以承担的恐怖


这个夏天　我要远离

不能在孩子面前弯腰的哲学家

和豪华到没有泪水的诗人

我要和马兰草待在一起

我要变成一个和马兰草一样的孩子

一点也不想再去哪里英勇和壮丽


我要像一个草原人那样唱歌

马兰花　马兰花

风吹雨打都不怕

勤劳的人儿在说话

请你马上就开花

# 第 7 朵花：打破碗花

我要到云贵高原去　变成一棵打破碗花
我要执拗一回　羊角拗那样拗
让自己有毒　让心跳得不正常
神经性失语　幻觉
神志迷乱
我不喜欢我日常性质的庸常
像一株文明的假花

去做一棵一点也不重要的打破碗花
这不要紧　要那个重要又能怎么样
重要的是　我要去那山上撒撒野
我要去山上　花乱开　打破碗那样地开
要开　就把自己往碎里开
往死里开
我不想再低头　再低
就抬不起头来了

来世上一次　怎么也得开一次花
打破碗那样地开花　开成自己想要的样子
成爱成的花　做爱做的人
开一次　就是一世那样地开
都是要死的人
还在乎什么

# 第 8 朵花：葎草花

那么多人挤在一起就肮脏

和人挤一起　我也变脏

和那么多人挤一起　我就用得上我命里的脏

不挤了　不和人挤一起了

不如去和一朵葎草花待在一起

和葎草一样长出锯一样的藤

锯我自己的脏


葎草　笔名叫锯锯藤和割人藤

我就是葎草

别用你的脏来惹我　我有割人的藤

以我的毒攻你的毒

我热爱人类　不热爱人群

我不想让我命里的脏占据我

不想成全这个世界上的脏

远离人群　我看山山高看水水清

吃饭饭香　睡觉觉美

我不想在自己的身上战胜时代

只想在自己的身上战胜自己


从今往后　我只像一朵葎草花那样去活

生命是我租来的　和谁都一样
只有一季
要死　也要死于我自己的绝技
要死　也要死得像个勇士
像葎草花那样　郁郁葱葱地告别

# 第9朵花：苍耳花

得有多少纯洁而创伤的声音　以至于
这个世界进化了这个　苍凉的耳朵
当苍凉开出花来
苍耳便也开花　一朵神灵的扛鼎之作

这个世界上有普遍的罪和普遍的苦难
神派来自己的私生子来替我们赎罪
用他那钉在十字架上流出来的血来赎
苍耳　是不是也是一只倾听的耳朵
用来救赎我们制造的太多
有罪的声音　无明的声音
我们听不过来的和我们听不懂的
苍耳全能听和全能懂
苍耳因此是一只神的耳朵

这一坡的苍耳　一坡的听力
究竟听到了什么　我知道的只有一个
就是我不知道
我听苍耳开花
直到听聋了耳朵

# 第 10 朵花：威灵仙花

一个人　患了全人类的疾病
一个人的疼　集中了全人类的所有疼
欲望　我们坏了的同一个机关
我们坐在同一口井里　坐井观天的井
在井里我们甚至觉得心怀远大

疼着你的疼　我才能体恤你的疼
我的生命在爱中　我才能给出我的爱
我的爱越给越多　那悲伤
甚至可以　浩荡到仁慈

究竟是谁在疼　我能不能
给你一朵威灵仙花开的力气
并且和你一起疼　丧钟究竟在为谁而鸣
丧钟只能在地球上长鸣
谁伸长耳朵　牲口一样在听
谁像牲口一样　倔强地抬头

一切都在破坏之中　人类溃疡了自己
也破坏着百花破坏着江河
威灵仙能治疗人类肌肉的疼

治愈卡在人类喉咙里的刺

却治不了人类灵魂的溃疡

我是一枚人类　听见一朵威灵仙花的灵气

在人类的骨节上哀鸣

# 第 11 朵花：樱　花

最苦命的注视不是对死亡的注视

而是看着樱花一瓣一瓣正在飘落

仿佛一个坠楼女子断肠的爱情故事

仿佛姬别霸王

樱花殇逝　而我暂时还没有本事去死


樱花来到我们中间　出奇的素简

这庞大的单一　单一成汪洋

是为了让我们汹涌

这场春天一开始就命令我们落泪

樱花铺张得足以耗损我们的健全

为爱生病的人开始一病再病

被吻之花　也曾像樱花这般

语无伦次地灿烂过


这美已无法正常　樱花才必须坠落

这灿烂已失序　风景才必须伤残

超越我的不同意

直到现在我怎么还是这样清醒

相信樱花的开落是一场修行

火自身的寒意　水自身的渴意

樱花落　终究要落得无法无天
仿佛人生故事落实在高潮处
累了　哭了　笑了　叫了　狂了　走了　不管了
爱谁谁了
我说的或许不是飘落的樱花
我说的是所有的命

要多么努力才能这样毫不费力地忍住
忍住这个服了速效救心丸的春天

# 第 12 朵花：二月兰花

春天在朋友圈里发了一朵二月兰
二月兰瞬间就把整个大地开满了
那紫色发怒似地从地里拱了出来
那一命一命的紫
那一焰一焰的生
四月的大地如火如荼　在低处
美比抬头看见的云朵更加霸气得无法无天


过分漂亮的花就像漂亮的女人
显得凉薄和寡意　像舞台上的红衣女
孤芳自赏
二月兰却是在低处开的花
像一朵一朵穿紫衣的吉卜赛女郎
她所在的位置就是舞台
跳自在的舞
她跳舞仿佛没有人看一样
她的使命是给予　越给越多
把神性的仁慈和良善
繁殖得铺张浪费


我站在二月兰的旁边喃喃自语
可怕的幸福一触即发

# 第 13 朵花：核桃花

核桃是一位思想者
核桃因思想而开出花来
我一思考　核桃便开花
长出里面词语的血肉

我每天都在砸核桃
我要从核桃里面砸出词语
我要用核桃脑子里出产的词语
写出这一百首花朵的诗歌

不是从核桃里面砸出的词语
就不是我的词语
我要像砸核桃一样把词语砸碎
让它露出命里的骨头
让它的骨髓进入我的诗歌

我的脑子已被文明格式化
我是地球的异物
核桃不　核桃完美得不需要文明
更不需要格式化
我要从核桃里砸出词语

写出与神有血缘关系的爱

爱是人类一息尚存的神性
值得用核桃花下盛开的思想
去大写爱的一笔一画

# 第 14 朵花：玫瑰花

玫瑰不管叫不叫玫瑰
它都是美的　美得要死
一朵有红花有绿叶的玫瑰
她们吻颈相亲的样子有多迷人

玫瑰才能制造真正的艳照门
除了美　她没有一丝人造的激情
如果玫瑰的爱情上了互联网
我们只能喃喃自语　答非所问
天堂里面的事件只有这一个啊
假如真的有天堂

玫瑰是百花之中的天才
玫瑰是众香之中的情圣

玫瑰是偏执的　它从不平庸
它从不随随便便开放　从不
随随便便玫瑰红
只有天才　才能认得出来天才
正如只有玫瑰才能认得出
绝世的爱情

一万次雌雄关系也抵不过一次爱情
就如一万次男女关系也抵不过
玫瑰一天那么长的爱情

只有玫瑰才能喊疼我的生命
只有用命换回来的爱情才值钱
我一辈子的财富
就是一面积攒着你的名字
一面积攒着我的诗歌
为的就是手持玫瑰跑到你面前
多喊你几次

# 第15朵花：梨　花

大户人家的花朵　姹紫嫣红　绿翠粉肥

梨花却只是白白地开

一点也不小家碧玉

仿佛白是梨花的职业

犯规那样恣意地去白

莱西的万亩梨花

想怎么白就怎么白

想怎么开就怎么开

白得毫不怯场白得宠辱不惊

白得山河浩荡


一万亩四月和一万亩春风

一万亩雪之肌肤　一万亩玉骨冰髓

莱西的梨花白成了现实主义的世道

一本打开的素书　灿烂成一种美学暴力


一朵梨花是一朵公民般的眼神

美而不娇　倩而不俗

互相走心又遗世独立

风吹来　梨花摇动

仿佛自由元素的水

百无禁忌地奔腾又开放贞明地流经
遍地的梨花耳语
仿佛是一朵朵心灵正在做着的梦
足以淹没世道和人心里的黑暗
还有人嘴里的戾气

我站在这里　语无伦次
身体战栗　灵魂惊跳
梦幻兴奋　事物安静
玻璃透明　真理简洁

我写下　相信　自由　善良
像相信梨花的素白一样相信人间的清简
像相信梨花的绵延一样相信人间的辽阔
写下阴影里的明亮和血液里的浪奔浪流
写下破碎后的盛开
写下早就决定好了的坚强
写下正念
从明天起　我要做的第一件事
就是把自己转化成
一个安静的存在　比如梨花

# 第 16 朵花：菊　花

一只停不下来摇晃的酒杯
也许是一个更深问题的症状
问题的钥匙　也许不在原处
而在另一个地方
比如秋风散养中通许的万亩汴菊

天已凉快　正好心平气和
我的工作就是拒绝 99% 的活儿
在通许过一个眼中有汴菊的日子
万物皆有裂痕　那是光涌入的地方
在一朵菊花的最深处　我要听听
科恩歌里那从菊花裂痕中涌进来的光
那光通过照见通许的菊花照见我
我便与菊花同野　与菊花同人
像菊花那样只过一颗心的生活
未来不迎　当下不杂
坐北朝南　鼠目寸光

秋天到了　我也在下降身体的温度
把头颅低成一朵沉实的菊花
成长不再是步步惊心

而是在低处　扬头敬畏蓝天和闪电
优等的心不必色绝味远
但必须坚固实沉　菊花那样

通许的汴菊　我不是只要听过
我要看见　秋天正是我来的时候
我早已把心爱旧了　在汴梁我肯定还敢爱
如今只有爱才能让我不能自已
如果通许的菊花敢把自己开成大地上的画卷
我就敢把这些菊花
开成自己生命里的《清明上河图》
文身那样狠狠地开

# 第17朵花：大丽花

我在平度遇见了一朵大丽花
它美成那样　国色天香
人家叫它地瓜花　它也不在乎
我对着它大呼小叫　夸它的颜值
它也不声不响　风吹来
它就左边摇一下再右边摇一下

大丽花的每一片花瓣像一片小嘴
那么多的嘴　人家也不作声
发芽和长瓣　都是本分的事情
生长和凋零也是
几天后大丽花就要死去　花瓣飘落得
像一个一个因情坠楼的少女
它也不叽歪
万物都在本分地活着　本分地生与死
只有我们活得矫情　怕活又怕死
嘴巴制造全球的噪声

太阳照着大丽花　也照着我
风吹着大丽花　也吹着我
我的本体　就是一棵植物
被神爱着　就像大丽花被神爱着
一朵大丽花是我的导师
教给我余生的活法　教给我如何生死

# 第 18 朵花：杜鹃花

杜鹃不仅是一只鸟　而且还是一场烈火
就像今天的大珠山不是一次青岛地理
而是一次杜鹃花的肇事
仿佛少女的相思病复发
非嫁给大珠山不可
这万亩杜鹃花就是婚礼现场


我来到世上　为的是渡一切苦厄
是渡　而不是免除
神啊　你说要有光　于是有了光
神啊　你说要有大珠山　于是有了大珠山
神啊　你说要有杜鹃花　于是有了杜鹃花
杜鹃花是我苦厄人生的一次例外
杜鹃花是我的一次赦免


杜鹃花不要命地开　仿佛叫喊
我也想词不达意　词语如火如荼
我也想不要命地爱　仿佛从未爱过


今天我们来到这里　证据确凿
就是来艳遇一场杜鹃花

艳遇一场杜鹃花的艳遇

我的心　愿意从小到大
像杜鹃花那样　再长一遍

# 第 19 朵花：梅　花

只要弄梅　我一点也不怕昏天黑地
外面的世界溃不成军了也不关我的事
不在弄梅的我　天知道那个我是谁
弄梅的我才是个真人的我
不辜负上天把我制造成命的那个我
我要一直把梅花弄到
顺着天下所有的梅花都能找到我
我甚至要把梅花弄到
见到字母 M 就能顺便找到我

在租来的这个地球上
我的手工活就是弄梅
上帝租给我几天活日子　我就把梅弄活几天
弄完了梅　我也就该走了
弄过梅的我完全可以走得很乖
世界末日的洪水来了我也在弄我的梅
我甚至可以把这洪水想象成正在踩着波浪的音符

亲爱的　没有你
就是诺亚方舟免费来了我也不上
没有你的世界是不值得活的

没有你的诺亚方舟也无非是个

木制的大船　把我载去的最好的地方

无非也是个荒谬的人间　这人间我领受过

# 第 20 朵花：牡丹花

在广平　牡丹不需要洛阳的神话
不需要菏泽的传说
还有昆明四季如春的应许
照样长得比豆腐还嫩　比幻想还娇艳
肥美的青春期　广平牡丹一点不需要
长得比理智清瘦　不需要修饰成网红脸

在春天　广平牡丹是要来奔赴一场恋爱的
轰轰烈烈的那一种　要开
就无法无天地开　喷泉一般地开
广平牡丹有点恃美行凶

用赴死的力量去开
仿佛生命只有今天那样去开
广平牡丹率领一个兵团的血液
把恋爱谈得如火如荼
牡丹的言情剧在人间的朋友圈爆屏

就没打算来日方长　这又怎么样呢
此时此刻　天恩与世仇合一
生与死合一

对着广平牡丹　我喃喃

爱情本身就是一个身体

爱情本身就是一个身体的灵魂事件

爱情本身就是一个灵魂的身体事件

爱情　就像穿在身体上的衣裳一样的

广平牡丹

第二辑　词　语

# 1. 我抹掉过去像抹掉一颗词语

我抹掉过去　仿佛一个犯人
抹掉自己的犯罪现场　又像一个囚徒
越了自己给自己建造的监狱
如一块橡皮　抹掉一颗词语

我泅渡　泅渡自己这条浊江浊河
世上所有的江河
都宽不过我身体的这条江河
世上所有的峡谷　都深不过
我自己的这座深渊

彼岸在哪里　那宇宙之法的存在之地
那生命艰难剧本的核心
在所有的我出生之前
宇宙大爆炸的碎片茹泪而成的
词语　黑洞一般鬼魅

眼睛所看到的东西必将局限我
假如我不是自己的
所有变化中的稳定中心

除非我先把自己在尘世的浊河里弄丢

否则我不可能找得到自己

除非我先在自己的生命里倾家荡产

不然我拿什么词语拯救那个疾病的自己

## 2. 把自己打坐成一颗词语

当飞鸟与教科书的意见相左时
我坚定地相信飞鸟
在虚幻的世界里
必须找到更虚幻的词语
生命才能变得瓷实


绝壁上的庙宇　千年孤独
像一只神谕中下凡的飞鸟
飞鸟静坐　如如不动如词语
我的人生　更是在悬崖边上跳舞
用蓄意的疏忽　等待一个词语
真正的瞄准


我来到这里不取神的光环
只取一个词语　确定我的平凡
必须适应残疾一样适应自己的绝望
必须渡大江大海一样渡一切苦厄


行至悬崖的人　才能死里逃生
死里逃过生的人　才能清欢自喜
我其实两手空空　从未有过任何

连绝望与沧桑都是虚构的词语
我这尘芥一粒　向空借来的有
向永恒借来的刹那
从此不再指望立地成佛
活着不是胜利　死亡不是失败
恳切如词语

谁是累世光影　谁是今世梵音
谁是事物悲伤的完美
都算了吧　我只想放下
把自己打坐成一颗词语
吸气　吐出　接纳　从新

## 3. 请出字典中高烧不退的词语

一朵梅花就是得了心脏病
你也要带着速效救心丸来爱我
一朵敢于服下速效救心丸的梅花
死也死得绝世浪漫
如果梅花是一朵疾病
亲爱的　我们愿意病得更深
直到病入膏肓

请出字典中高烧不退的词语
用来书写梅花　请出染料中
心动过速的色彩
用来涂抹梅花　弄出一朵梅花
让她毫无用处　游手好闲
醉生梦死　白天高烧不退
夜晚安上心电图
让救护车守在门外等候

让这朵梅花带着光并吹响它
让光把你带走　这水火人生
这魔性的猛烈　至善的宁静
让一朵词语的梅花

被我们的小我耗尽

梅花是一朵矛盾的开放
所有的假象才从不矛盾
我要接二连三地弄出一百朵梅花
不可能不先得大病一场
病得低于悲伤
为了看见梅花的绝世
我必须先把自己变成盲人
不问这弄出的梅花
在词语中的哪儿
为了找到梅花的家
我必须先把牢狱坐穿

# 4. 我写下词语　因为我绝望

没有绝望　我要词语干什么

没有绝望　词语有何必要

像秋花那样开放得如火如荼

我生来就是绝望的

如今更不稀罕希望

也不信任希望

没有绝望的日子让我忐忑

仿佛活着是一件可疑的事情

我写下词语因为我绝望


不绝望的人不配做我的情人

绝望得不够的人也不配做我的情人

那些豪华的人　内容空洞得竟然

连正宗的绝望都没有

亲爱的　我爱的正是你这个绝望的人

亲爱的　你也有那么灼人的绝望

你的绝望把你的疼痛弄得得了智障症

亲爱的　疼痛折腾我的手段也采用先进科学

可我是个绝望的人　因绝望而富可敌国

一个绝望得富可敌国的人

疼痛对她又能怎么着

生活的温床培养了我这个绝望的细菌
我就把自己拉扯成人
我是鱼　绝望是水
鱼儿离不开的就是水
我已经把绝望这个细菌进化成花朵了
这个异端的词语　我侍弄她
用来万劫不复

生活不好也不坏　我对它不管不问
抬头看天低头弄词语
我说过我是个绝望的人
我的日子只有在绝望里面才膘肥体壮
我绝望得把绝望的日子过得仿佛不绝望
我用绝望向我的绝望致敬

# 5. 那最低的词语蒙着尘垢

"不要帮我　让我自己乱"
王小妮自己乱过的　我也正在自己乱
王小妮不要的帮　我也不要


天上有北斗　七颗星做成的银柄长勺
那不是我的
地上有北极　冰川一样的孤傲
还有冷　比冰还凉的冷
那也不是我的
这些东西我体内全有


活在罪里和死里的　是我的乱
我要自己整理　像整理罪和死
不要帮我　这外来的实惠
够不到　让我自己跌进
不能再低的低
那最低的词语蒙着尘垢
我每天清洗自己的内裤那样清洗着它们


用我自己的血肉
煨自己的火

钻进自己的骨　自己的髓
我自己的北斗
才能照得到我自己的极地
那冰寒的地带　从未示人

从钻木取火开始
像一个婴儿那样长
今天比昨天大一天
晚上比白天多懂一个词语
五 **D** 和大数据 和我又有什么关系
我只爱愚公一般徒劳的一生

# 6. 大成字典里最沉的词语

住进我的心里的　必须是一个大东西

把我压住　像压住一个气球

大东西要很大很大　大成大象

大成字典里最沉的词语

大成我血液里面的枭雄

它是我的如如不动


没有这个如如不动

活着比我估计的还要孬

我认识这个世界上的物件

但我不认识自己

只要我是浮萍　我和谁的相聚全是萍聚

我在外边走动　我去了哪里

都是一种漂浮物

我白昼提灯　不知道想找什么

连刀子都冷不过我


争什么呢　读一首诗什么都懂了

比如大象　这个世界上最稳重的词语

四只脚　两朵温良的眼神

把我落实在土地上

如如不动　不吵不闹

笨笨地只爱万物中的空虚

# 7. 我煮自己的泪给词语煲汤

我必须假定有一份我其实没有的坚强
用来把自己挺住
我必须假定没有一份其实一直有着的忧伤
我知道它万寿无疆
它肯定比我活得长久
我希望通过忽略它而被它忽略

秋天正在一眼一眼地试图安慰我
我其实已经没有什么好安慰的
我早就在玫瑰里出生入死了一百次
在蝴蝶里面死里逃生了一百次
又在梅花里面刮骨修髓了一百回
窗外正是盛大的秋天
花儿们正在进入自己金黄色的艺术人生
而我盘腿一如一粒坐禅的词语

这个秋天的夜里我煮自己的泪
让它沸腾
我煮我自己的泪给词语煲汤
给伤口上营养
以便我的伤口欣欣向荣永不结痂

我煮我的泪的时候我没哭
我比这个秋天的孤独更勇敢
我的孤独比伤口更妩媚

# 8. 万泉河畔的词语

万泉河在右边　诗歌在左边

头顶是一方原瓷的深蓝

像一张巨额保单

证明万泉河是我曾经多次呢哝的那一个

我介于河水和词语之中

像是哑铃中间的一个支点


词语曾在万泉河中日出千言

是我感性的海南　情欲的俳句

是我的椰子树花纹的穿长裙的岛

那历史中的红　支撑着大长腿的舞鞋

是我童年朱砂痣　恃美行凶

我眼中的万泉河　第一次如此真实

风吹来　吹皱我的一壶秋天

风再坚持吹下去　我就会泄露自己


词语正在变成万泉河边　变成诗歌

对万物和心灵进行感情投资

万泉河水袖流苏　清欢自喜

词语至尊贵处　万泉河风起涛落

宠辱不惊　波涛依然倔强地迎难而上

我有爱有恨　并不想用上
万泉河畔　我不想再写故作深情的薄情
不可摧毁的天真
一切不可测但我依然前行
像诗人词语中万泉河的波涛
钢琴键那样此起彼伏

万物正在猛烈地使用自己
诗人们正在让语言越狱
万泉河正在使语言成为例外
我在词语和河水的哑铃中间
说着生强死弱　产生过命的交情
一个词一个词地校正自己
我的心好了　其他的就好了
这精准的慈悲　急需的照耀

# 9. 我喜欢把自己形同虚设如词语

我的身体　当她搁在我喜欢的词语之中
是怎样全新的东西
像一株春天里面倒贴地的青草
油绿又闷骚


我喜欢把自己摆放成十字架的样子
我喜欢把自己形同虚设如词语
以毒攻毒　我从词语中采撷毒品
治疗我身上的毒
让绝望这个虫变成绝望的蛹
让绝望这个蛹变成绝望的蝶
我是个绝望的人 从来都是
我原来有的是希望　现在不去想它们了
即使有　我也不准备去实现它们了
我带着蝶的翅膀去做一个绝望的虫子
东边瞅瞅　西边瞧瞧
和动植物们一起做一回地球上的活物
有时候绝望得欣欣向荣
有时候绝望得心花怒放

# 10. 没有词语的日子

没有词语的日子
我就逃到疼痛里面才能得到安全
所有不是疼痛的地方
都不能稳住我
都会让我的身体变动
像个失衡的物件

没有词语的日子
我亲眼看着疼痛有着母性一样的繁殖力
它能发育出一个又一个正派的后代
而且它们总能毫不辛苦地说来就来
个个眉清目秀　聪颖伶俐

没有词语的日子
没有谁能把我
从做一个十足正派人的乏味中解救出来
疼痛占据我如同房子占据风水宝地
我就把它的委婉动人品咂出来
直到品咂出它的骨髓来
落日不为什么地想落就落下吧
将就着落下吧

像西西弗斯刚刚推上来的石头
它自己再乏味地滚下去吧
词语不飞
那块石头就从它的哲学中变成它自己吧

词语不飞
庄周都不去梦蝶
庄周的梦都是未遂的
我又支付了未遂的一天
日子英年早逝
死得一点也不得其所
身体和灵魂在为死神做双重抵押
这么大的赌注
也贷不来一秒钟道德的时光

# 11. 为一只蝴蝶我向亲爱的词语道歉

如果没有词语　一只蝴蝶对我的折磨
所产生的疼
我到哪里去搁置

一生最对不起的就是这些词语
这些《辞海》中最钟情最灵动的汉字
天才的汉字　灵魂附体的汉字
一粒一粒地前来替我受伤
我与一只蝴蝶的爱恨情仇
全是冒烟的战争　炽烈如焰
战场全是我的心　我的心呵
像古罗马的战场残骸遍野

蝴蝶的爱像丘比特的箭直刺我心
词语像个古代士兵用盾替我阻挡
蝴蝶的恨像个点着了火信子的手雷
词语先我用自己的血肉迎上去
蝴蝶的情开着坦克向我碾来
词语就把自己当成炸弹扔向它开出花
蝴蝶的仇漫起冲天大火
词语推开我像个壮士一样冲进火焰
我发炎的心啊　疼得战栗

词语把自己的心变苦　成抗生素
为我消炎
我的灵魂孤苦无援　像个没娘的孩子
词语抚来外婆的手掌让我暖泪横流

一只蝴蝶折磨我　我就折磨词语
词语竖着排起　用身体支撑身体
变成诗歌
变成文字的通天塔
把我的灵魂运送给天上的神灵
让万能的神灵救赎我
试图让我歹徒一样的疼痛变得温驯
试图让我变成想要的那个我

我从死神里出来一次
词语替我烈士一回

我在向亲爱的词语道歉
我一生都要向亲爱的词语道歉
我向为我殉身的词语低下头颅
选一个善良的地方为它们立碑
懂事的词语　聪明的词语
忠厚得让我流泪的词语
让我词不达意的蝴蝶
让我词不达意的爱情
变得可以朗诵

## 12. 要来没有人要的词语来与蝴蝶匹配成诗

活着只剩下了减损这件事

减损物质　减损需求　减损人来人往

减损山河　减损声誉

减损对光的要求　减损恐惧

减损对生与死的质疑

减损到怜悯　减损到宽恕

那不能爱的人也去被宽恕

减损到余下的日子可有可无　减损到

连我自己都多余

如果还要　就要一只蝴蝶

要来没有人要的词语来与蝴蝶匹配成诗


物质的世界到处都在累加

连稍慢一点都得闹腾出经济危机

全球的热病传染得如火如荼

这个世界上谁还在薄命地减损

走出万能的神为众人预备的大门

一个人走窄门


蝴蝶飞来舞去在我左　在我右

词语颗颗如大钟入我魂　入我肉

不停止对她们的讲述
我就能一天一天苟活下去

万能的神呵　城里的夜早就不夜
秋风吹拂不夜的万众也吹拂我
只有我一个人在为蝴蝶煮血
用词语敲击　匍匐在大地上的灵魂

## 13. 给词语上营养让它们长肉

把词语关在家里营养一阵子

让它们长肉　别再骨瘦如柴

烧一锅秋天的羊肉给词语吃

里面加上当归西洋参还有桂圆

我一直想写出一朵胖乎乎的玫瑰来

让她肥美惬意一如旧时的杨贵妃

让她的爱情膘肥体壮

情欲比青春旺盛


让阳光是因为我的玫瑰

才愿意出现在秋天的　雨后

我的玫瑰飞过暗红的秋草

秋草跟着她一起肥美

秋天的梦像药片外面的糖衣那么甜

梦做了就做了　把它当真地使用

管它是有遂还是未遂

让我因爱情而心跳　跳得比心脏病患者还快

接受玫瑰的美德和剥削

我想对生活爱起来

一天比一天爱起来

我正奔赴在书写玫瑰的路上

去做一生中最正确的事情

去爱一个最干净的人

遇到这个人啊　基督已为我祈福了一万年

除了基督已为我祈福了一万年

我不可能为他写出一百朵妖娆的玫瑰


这是一朵不疼的玫瑰

三围比秋天更美　内心比秋天更深邃

今天你比好还好

玫瑰比你还好

今天玫瑰不疼

我比玫瑰更不疼

我的词语为什么就不能肥美一回

我为什么就不能不疼一回

我的玫瑰为什么就不能不消瘦一回

# 14. 词语是我的主食

感谢上苍让命运赐我永不陈旧的词语
那么词语就是我的主食


花点时间用来挣面包
果腹　喝水　喂养电费
花点时间用来挣银子
看病　看亲戚　看电影　看书
把剩余的能量全部用来注视词语
用来让她开得
娇艳　健康　妩媚　善良
花时间宠爱词语　把她宠坏也不要紧
宠爱一个上好的词语
难道不比宠爱任何其他东西更值得


对着词语说一段热情洋溢的私房话
别怕她害羞
这其实就是我们生命中的千古绝话啊
它们才能在我们的血管里面流芳百世


对着词语喃喃自语
检讨自己离纯粹的生命还有多远

倘若词语让我流泪

这泪水该是多么的清澈和庄重

如果对人生还有怀疑

那么就和词语一起

兴高采烈地怀疑人生

把词语当主食

把和她一起看四季轮回当职业

# 15. 在我们之前词语其实就是永生的植物

失去是不存在的　除了词语
这务虚之物是唯一的实物
万物之炫耀只是一张大海报
它虚张成世界的枉念

救赎是不存在的　除了词语
这本质的黑暗中唯一可以萃取光明的植物
这植物里面的诗歌
这诗歌里面的灵魂
这唯一得到了就不会再失去的事物
这因太美而没有人意识到会死的东西
这从死里建设出来的东西
因而一出生就是永生的东西呵

在我们之前　词语其实就是永生的植物
永生得跋扈
词语只是被我们遇到了
遇到了就不会错过　遇到了就会迷上
迷上了就会奋不顾身　迷上了
我们就会代替词语亲自受伤　或者
亲自幸福　我们就会

相信相信的力量

不是生得浪漫死得惨烈
就是生得惨烈死得浪漫
词语从来就是这样一朵越轨的灵魂
江山是不存在的　除了词语
词语是地大物博的土地上唯一的江山
我们身体与思想的江山

# 16. 我拿词语来建房子住

我惦记死亡惦记了那么久　死已不那么新鲜
当然活着更不新鲜　活着挺乏味
更乏味的是　把不新鲜的生活继续下去

活着和死去　两者我都没看好
就不选择它们了　如果选择
就选择词语吧　直到弄词弄得把魂也弄丢
一个女人弄丢了魂　就忘了生死这些事了
上帝给人的那个魂　就是用来弄丢的
谁丢得彻底　谁就是个面色红润的人
没丢过魂的人　真是白来的一趟

一个女人要不怕死　才敢侍弄词语
让词语来浪费我的生命　我就继续不怕活着
一个女人要不怕疼　才敢丢魂
我怕疼　没有这个金刚钻
我也竟敢揽下这个瓷器活
说明我连怕疼这件事也不怕了
我每天都要鼓励自己
在这个世界上不要怕　怕什么都没有用
现实是一个错别字　错别成哪个字我都知道

我就把词语当现实　而且不是一般的现实
是资深的现实

我生下来就是来务虚的
我务虚了一辈子也没务虚死
说明务虚是对的
我拿词语来建房子住　建一座海市蜃楼
我就是想和词语在一起
头重脚轻地
一天一天地这么过下去

剩下的日子　我将继续在词语里面虚度人生
把身子扎进词语里面　在词语里面泡温泉
又洗又涮　然后晒着太阳
给不存在的季节发短信
用没有说出的话语来爱你
亲爱的　我没说出来的话比我说出来的话
更加接近于对你的爱

# 17. 像词语那样超现实地活着

子弹一直在这个世界上来回地飞

子弹飞是这个世界上的规律

这又有什么可怕的

让子弹飞　让子弹穿过我的心怀去飞

只要这个世界上有词语

我就能把伤口发表在副刊上

让伤口比鲜花香　比疾病年轻貌美


所有的问题都是上帝给我量身定做的礼品

像子弹飞来　子弹无非是个大片啊

用来贺岁　用来娱乐我的生活

我只管学着果实那样

一声不响地辽阔　辽阔成词语

我还要学会让子弹慢一点飞

飞成好玩的蒙太奇　把生猛的生活蒙太奇


在这个世界上我活着

我就想长成我自己应该是的那个词语

世界是现实的

我就超现实　像词语那样超现实地活

只要我在世界上找死一样找到词语
我的颜色墨水都不能覆盖
这个世界上幸福最好　词语比幸福还好
生活一直是个前线　可我早就不在乎
就因为生活是个前线　神才把词语给了我

神把词语给了我
就是为了让我艰苦卓绝地学会爱
艰苦卓绝地被神爱
从此我学会让痛苦自杀　我完好无损
从此我学会让别人去各种各样地活
我只和词语待在一起

# 18. 因为词语
# 我才肯在这个世界上遗世独立

我写下了第一个词语　爱的流亡已经开始

词语曾在我种植的玫瑰里面死了一百次

我还得让它们重新去死

再在蝴蝶的飞翔里面去死一百次

这样一百次的死够不够

这样一百次光明厚道地去死之后

那道比教堂的暮钟更正派的声音

是否肯让最后一个流亡的词语听见


我的绝望注定要比词语的死亡更加繁荣昌盛

像春天的大树硕果累累

这是我的必经之路　从活到死

死到一死再死　死到死不起

死到不想生　死到不怕生

直到死里逃生

死里逃生是我唯一的生

这样的死是向死而生

不然谁会让我的诗歌怀孕

我又为谁亲生出一只涅槃的词语

因为词语我才肯在这个世界上遗世独立

一个人也敢站立很久

不再怕黑夜在我的内部升起

除了空旷和孤独

我还能真正拥有什么

除了空旷到孤绝　词语还有什么去处

除了变成正在失去的事物　我还会是谁

假如心就是一片落叶

没有我的允许　落叶也无法凋谢


没有死亡和孤绝

要词语何为

玫瑰灼灼开放又是何为


词语涅槃　是石头开花的时辰了

我就要大哭一场了

神的诗篇大地上正在转载

黑暗从词语的内部史诗一样升起

身后空无一人的背景博大精深

词语如酒　酒风浩荡

死过的万物在浩荡的词语里承恩蒙福

我的词语围绕着前世今生如火如荼

我的泪水围绕着前世今生如火如荼

我是否还像以前一样站定

比玫瑰更遥远　比黑暗更肯定

# 19. 词语是一场泪水

若不是生命的苦难罄竹难书
词语就用不着这么孤绝与冷艳

幸福是我的不治之症
病预先在我身上　像是一件裘皮大衣
大牌品质　漂亮得像是装的
我必须先得病　病到枯萎
命运才会重新投胎　生下词语
我必须先把牢狱坐穿
然后才能把自己的四肢词语一样松开
我必须先花费掉病魔健壮的一生
像深秋的叶子一片一片死掉
死到没有　死到只剩一个空洞的冬天
词语才能在春天转世　像个灵童
一点点开绽　比我的一岁还小巧

我生命里的好　有了给出的地方
词语就会被我书写得如火如荼
生命里的好　给不出去
词语就枯萎　我就是个躯壳
词语开绽　我才能回到我自己

词语开绽　我就不能早死
词语开绽　我幸福得却想早死

我幸福得想早死　我忧伤得想早死
我与词语　隔着一场史无前例的泪水
词语就是一场泪水

# 20. 除了写下词语
# 其余的都是犯罪

我写啊　写下词语

除了写下词语　其余的都是犯罪


黑暗的词语　比这个时候的黑夜还黑

词语的花瓣　就是伸手见不着的五指

当黑暗已成为习惯

我已习惯于离不开这样的黑暗


写吧　写到墨汁吐出血

写到白纸的心脏病发作

写到时间瘫痪　写到

我和这个黑夜像伤口包扎在一起

写到生活不再是一个我害怕的地方

写吧　我终于会以度假的心情享受痛苦

写到语言直立行走　江河分行

写到人生苦短必须笑场　写到

人约黄昏后　玫瑰比人长久


死有一半的好　活有一半的坏

写吧　把死亡写得和活着一样好

一直写到把死当成活

写吧　直到写出
等待一个永不出现的词语
我的等待才是唯一的等待
只有这样我才能写出一个
复活的词语

第三辑　歌泪同飞

# 1. 在你不知道被我握着的时候　我才握着你

我的爸爸　我亲爱的爸爸

是谁把你变成这个样子

你躺在病床上　听不见我的叫唤

我从来不曾像今天这样叫你

我今天就是要这样叫着你

叫你一宿

不是为了你的应和　而是

我要这么让自己听见自己发出的声音

我从来不曾主动握紧你的手

我只要爱人握着手　不停地要

我为什么不在你好好的时候

握握你的手　让你感到我的亲热

现在我握着你的手　我要握你一宿

你不知道被我握着

在你不知道被我握着的时候我才握着你

我多么浑啊


我亲爱的爸爸

我的差三岁就百岁了的爸爸

我是你的女儿　你的老生女

你那么老了才生下我

拉扯着我　看我长大

看我长大　让你变得更老

一直老到没有


亲爱的爸爸　你看我正在亲吻你

我怎么现在才亲吻你啊

你快变成婴儿的时候我才想起来亲吻你

我要爱人的亲吻要得那么饿

吻是多么好的东西啊

我却想不起来给你一个

你是我亲爱的爸爸呀　你给了我命

我却总是忘了给你一个具体的亲吻

## 2. 今夜　我比死亡还黑　比伤口还疼

我是你的复制品　我是从你的命中
移下来的东西　我是你的截图
我的脾气和你一样啊　不喜欢作声
你为了把自己变成灰　先变成活着的人
现在你又快要变成灰了
死亡就是一场把人变成灰的游戏
我也是　在玩这个游戏
为了有一天把自己变成灰
先在肉体里面经历万劫不复的生

爸爸　我正在为你祈祷
我不知道祈祷你活　还是祈祷你安息
你活着只剩下疼痛　我比你还疼
你安息时就没了　我的生命一大部分也在没
亲爱的爸爸　我在为你祈祷

祈祷你不疼　祈祷
疼痛不要再在你老旧的身体上寻欢作乐
今夜我比死亡还黑　比伤口还疼

## 3. 我正在看着死亡
## 怎样取走我爸爸的命

一支蜡烛正在把自己的最后一滴气血用完

那是我爸爸的最后一天的命

爸爸　今夜你躺在你的最后一天里面

最后一夜的这个夜啊

终于作为夜　夜一样降临

我正在听　你的粗鲁着的呼吸

你终于只剩下这个呼吸了

疼痛已经从你的身体里转移

把你转移到了安全的地方

爸爸　听完你的这个呼吸

我就再也听不到了

满世界有的是那种被叫作爸爸的男人

没有我的这种事情了

我再也没有一个可以叫爸爸的人了


属于我的叫爸爸的这个词

眼看着就要消失了

眼看着就要被棺木抬走了

眼看着就要把这个词的每一个笔画

烧成粉末了

爸爸 现在你还活着

你还在呼吸

我不睡 我在等着死亡来取你

我要不眨眼地看着 死亡是怎么来取你的

我要看着死亡 在怎样取走你的命

是猫一样狡黠 还是窟窿一样空洞

## 4. 它非得让我眼睁睁地看着光在怎样灭

你的腮　陷了下去
像两把勺子　挂在脸上
我就是要看看死亡的算计还有什么花招
还能好意思成什么样
你都快一百岁了
死亡这厮也不放过你
它熬你　熬油一样熬你
它熬你熬到不放过你最后一滴气血
它非得让我眼睁睁地看着光在怎样灭
光灭的形态　光灭的款式

我看到了各种各样的死
死在轮子下　死在医院里
死在自己挂成的绳子中　死在癌里
爸爸　只有你寿终正寝
你的死法是所有的死法中最好的死法
世人多想照着你的死法去死
爸爸　可是我多么心疼你的死法
和你一起活着的人早就不疼了
只有你的疼持续着 疼到现在
你的疼多么孤独　这孤独多么绝世

只有你把自己一点一点全丢掉

丢到没有可丢的了死神才放开你

在世间　没有一种死法是好的死法

突然的死　猛烈的死　疼痛的死

寿终正寝的死


爸爸　我是从你的命里取了来的命

你的死就是我的死

你放心地去吧　想去哪里就去哪里

活着的时候你老实　活不成自己

死了之后你要好好地活自己

在天堂里　活成一个没有尘世户籍的孩子

爸爸　我的身体里面一直会住着你的死

上帝是个不回答为什么的上帝

你若不肯再说　我就不再问

## 5. 今晚你躺在纸做的大盒子里面一动不动

我们把你放在孤零零的地方　爸爸

今晚你和那些一动不动的人在一起

做的事情就是一动不动

这是你在尘世上唯一会做的事情啦　爸爸

就是一动不动　你也只能做一个晚上

爸爸　你躺在纸做的大盒子里面

在这个尘世里面做最后一次等待

等着让大炉子把你变成灰

爸爸　几个小时前

我一直在抚摸你

我要感觉到你的肉体

是怎么一点一点一点一点变凉的


城市那么冷　风那么硬

而你那么孤伶　你已经这么冷了

我们还要让你待在这个比你更冷的地方

这难道不是天底下最不讲理的事情吗


我姐姐说　天这么冷

要是爸爸在晚上醒过来

看到自己待在一个他不知道的地方

若是爸爸坐起来

回忆这是个什么地方

他该多着急啊

那该怎么办啊

## 6. 我眼见着你在缩小　像一块风干的肉

爸爸　我从来不知道你能死

你健康　健康成老头了　我也不知道你能死

更坏的是　我不怀疑这种信任

阳世是一个旅游胜地

你不是一个机灵的游客

你死心眼　你胆小

你连享受都不会

你到死了都不懂得什么是抱怨

你这个傻爸爸啊

你连爱谁谁地活一天都不会

我眼见着你在变小

像一块风干的肉在缩小

一开始你是时光的食物

时光腌制你　让你变得好吃

让你好吃成死亡的食物

时光一瓢一瓢地泼　三千若水是多少瓢

爸爸　你一声不吭

是不是因为你比我更知道

什么是你要的永恒和虚无


我情愿冬风一直凉

要凉

就凉进我的骨头

要凉

就和我爸爸今天的肉体一样凉

爸爸　明天你的肉体就要被大火取走

大火明天就会像个魔法师

把你变没

爸爸　明天你和大火这个词语

一起私奔吧　把自己私奔没

一直私奔到我为你一直祈祷着的天堂

## 7. 我看见大火在舔弄你的身体

你的面孔　被人化了妆
你这一辈子就化这一次妆
为了去赴汤去蹈火　爸爸
你躺着　穿着我们给你做的新衣
我活着从头到尾　没有见到比你再无助的人
今天全世界七十亿的人
没有人比你更无助
全世界所有人的无助加起来
也没有人比你更无助

这个暗红色的纸盒子　上面和下面
你在中间　像个肉夹馍
这个暗红色的纸盒子　爸爸
足够装得下你泪流满面的一生
爸爸　你泪流满面的一生
难道还不足够去侍弄这场
生命最后的大火吗

你的肉体　对于我们来说是生命
对于大火来说　就是饲料
大火在舔弄你的身体　爸爸

大火见到你的身体就兴奋了起来
把它的焰弄旺
像个贪吃的孩子　仿佛来了劲

我冷　火越大　我越冷
火焰让我寒冷得发抖
我生来就比别人冷
当寒冷成为一种习惯
我根本不想离开这深渊
更不想活着离开这深渊

## 8. 谢天谢地你再也不能再死一次啦

有个朋友说　死了就成了神了

不怕冷　谢天谢地

你再也不能再死一次啦

你也就再也不怕冷

怕冷的是我们　我们为怕冷而活着

活着　其实是一场背负十字架的苦刑

直到我们冷死

我们为了不冷死　就装笑

就假装成功　就假装

寻欢作乐　假装

竞选当总统　假装

在主席台上作励志报告　出书开签售会

爸爸　你不用再假装活了

你死了　你就成了神

苟活的是我们


从生到死　是一种重演

重演本身一直在重演下去

直到把所有的人　全部从生演到死

没有了爸爸的人生　我们依然都是身外之物

为身外之物而继续闹心

把自己活成　物质的妄念的地理中心
生活如此荒唐
我也不知道哪里还有不荒唐的生活
你终于先于我们摒弃这个荒唐的世界了
死有一半好　活有一半坏
生与死摆平了
爸爸　你去死我们去活
谁能告诉我们哪个是输哪个是赢

爸爸　火焰把你在尘世上变没了
今天你升天　天上有我们不知道的光景
但我知道　天上一定比人间干净
那些灰烬　我们终将变成的东西
我决定　不再对它们争辩也不否认
更不想口吐一词

# 9. 我知道了什么是真正的倒计时

知道你还热着的身体就要变成灰了
我知道了什么是倒计时　是的
这才是真正的倒计时　你离灰的距离
比纸片的这面到纸片的那面还近了
爸爸　我除了束手无策还是
束手无策　爸爸
你瞧你养我有什么用

爸爸　你已瘦到没有
全人类属你衰弱
死亡对你的缠绵却毫不松动
像个性欲旺盛的男人一点也不阳痿
爸爸　你这么老的一个人啊
已经没有一丝力气拿出来抵抗
连一个蚂蚁都打不过

爸爸　你老旧得毫无敌意
谁让你连喘气的权力都不允许了啊
这个世界上还有那么多坏人在做着坏事
独断专行的人正在强奸着健康的人民
死亡啊　你干嘛不去对准那些有害的人

却来专心致志地对付我的爸爸

我的手无寸铁的爸爸　我的只剩下喘气的爸爸

我的无公害的爸爸　我的比绿色食品还善良的

爸爸

我的只剩下一把骨头了的爸爸

我的差几百天就一百岁了的爸爸啊

死亡啊　你有种的就去教训那些蛮横的人

你不要和人类一样欺软怕硬

# 10. 你终于从爸爸变成相片了

爸爸　你这个爸爸
一不留神　就变成相片了
相片伪装成你在冒充爸爸
从爸爸变成照片　我目睹了这一切
熟悉这一切的流程　知晓这一切的步骤
这多么残忍　这残忍的设置
要的是什么意图

一个老人　已经多么可怜
他已经没有什么东西被剩下
一个年轻人　如果能够老成一个老人
就别被时间欺负了吧
他已老到没有性别　惊心动魄地老下去
已经是多么大的勇气
有没有一个上天的法律
布下神旨　不可以欺负一个老人
如果生命要死　如果老人的命要取消
就让他　在梦中取消
在夜间　突然没有
上帝呵　如果你是一个爱人类的上帝
请重新开天辟地　重新

创造生　创造死　让死亡不被目睹
像取消旧的一天那样无视觉地
取消一个老人的生命

爸爸　我想你
思念像个惯犯　连警察都抓不住
我的眼泪　喊出水的雪崩

第四辑　芳　心

# 芳　心

那些互联网上的阴谋阳谋

被审判者　情色和骚乱

我想知道得再少再少些　比一个婴儿

知道得还少

我就保护了芳心　那神在我出生时

赐予我的心肝宝贝

我活着活着就把它弄丢了

丢在人堆里面和我的欲望里面去


这个夏天　风顺着自己的意思吹

风吹我　把我吹得纹丝不动

我是有意识的落伍者

正在虚度自己的人生

我手里拿着一本诗集　翻开的

正是阿赫玛托娃的那一页

"……那死去的　将来和现在的人

都罪孽深重　我活该躺在疯人院里的

病房里面——这是伟大的荣誉"


我在这些句子里面哭泣

我去那个多好的女诗人命里哭泣

哭她那很大的芳心　我哭时

我知道　我也有一颗芳心

我不知道她在哪里

她在我活着的路途上被我弄丢了

我用我的还没有找到的芳心去哭泣

# 冲 动

这个秋天发生了一件好玩的事

我在动车上连着读了两本诗集

米沃什完了是雪迪

我的目光突然穿过前面一个一个脑袋

看到被生活恩赐了的美

这美变成家乡辽阔的海水

这海水变成一匹豹子

正在抖动它的灿烂的皮


我突然感到我要站起来朗读

肚子里的各个菌群都想跳杨丽萍的舞

大酒滑进我的毛孔

我听到暴雨正在敲打峭壁

花朵们露出狐狸的面孔

我想喊出神的风景赐给我的训诫

难道他们就不应该知道这些


我想朗读但是我终究闭嘴

伟大的诗人差点让我当一回神经病


多么怯懦呵

秋天了　我连个别人眼中的神经病都不敢当
多么可惜呵
我没有骄傲地收割别人投来的齐刷刷的目光
我没有朗读是为了和他们一样
我活着费了好大力气为了和他们一样

# 意　义

活着的意义就是你要比每一个死人都坚强
活着的意义就是
你要像小时候藏头绳那样把它埋在土里
你要阻止它被找到
你若是一辈子都在找但没有找到它
你就是有福的
你因为避免了找到一个没有的东西
而避免了使自己立刻去找死

不要把你的抽屉打开
以便看到里面装满的心
不要打开你的心
以便看到里面装满的昨天
不要打开昨天以便看到里面装满的刀子
不要看到刀子以便做出切割的动作
不要做出切割的动作以便伤着自己
又误伤了整个世界

我为了拥有那些
本没有必要拥有的东西而消耗了一生
技术的进化

使每一个明天都是量贩式的
假装我们生活得云蒸霞蔚
而我必须把自己变成一个赝品
以便使自己活得下去

# 破　坏

我生下来是为了被破坏的
我得先把自己长好　长得有质量
美成硬道理　和男人谈情说爱
顺手得如日中天　全都是为了被破坏得
更彻底

为了把我破坏成废墟　我的身体预先被设计成
房子　二室一厅
左心室里住着成功　右心室里住着
男欢女爱　心是房子里的火苗
起先比星光还亮　比男人和女人的情欲还旺
厅里住着我的一个替身　有无数面具
以备在不同人堆里面戴妥帖一个
随时准备笑成一个细软

我像红卫兵"破四旧"那样地被破坏
先从我的肉体　再从我的灵魂
我像水里煮着的那个青蛙那样被破坏
有了快感起先还会喊
我像日子对付丝瓜那样被时间对付
先把内里的水分抽空

糠了的是我的内心
丝瓜就是等着被破坏成丝瓜瓤子的
就像我　心被破坏成镂空的心脏病
眼睛被破坏成伤口

暗夜啊　又要把我装进去了
我像一条网兜里的鱼　被逮了进去
又仿佛一颗住进避孕套里的精子
和无数另外的精子一样等死
没有一条通往爱情的阴道

即使这样也嫌我被破坏得还不够
我生下儿子以便破坏完了我再破坏他
儿子以后还要生下儿子以便继续被破坏
我若是没有被破坏够还不能去死
我的命里还没有积攒出一克拉的荒凉
死的奢华还轮不到我

除了惊心动魄地被破坏下去
我其实也没有其他的出路
一些人忙着活　一些人忙着死
其实全是一些和我一样等着被破坏的人

因为从来没有假如　我们设计出来
假如这个词　就是为了让自己

从被破坏的命运中偷出一口甜食

像药片外面的糖衣那么甜

我们忙着成功　忙着挣钱

忙着装好人　忙着做歹人

忙着演讲　忙着写作

忙着做最女人　忙着白富美

忙着高富帅

忙着男欢女爱　在异性的怀里忙到昏迷

这样就暂时躲开了那种被破坏的恐惧

# 豪 雨

豪雨终于在天上忍住没有落下来
像我终于忍住的泪水　还仿佛
我没有说出来的词　不再说出来的恨
豪雨　用最大的声音小声喊我
把我仅存的一点爱喊疼

我自己就是一场干涸的豪雨
七月正在把我曝晒
我的出生　比很久很久以前还要久
被一场不被知道的哭声降临
谁让我出生　谁就是刽子手
母亲　倘若尘世的底子是含混的
活着注定是一场失败
我的成长注定是一次货真价实的被破坏
母亲　我被谁从大地的腹地上移植过来
活在一个碗大的花盆里面

我的神经像互联网一样四通八达
一个汉字就能把它碰疼
我的梦比我的面孔更加半老徐娘
我早已不信任她

我的恨也像过了保质期的猪骨头
一点鲜艳的味道都没有了
在这个世界上我信任爱　更信任痛苦
我已像接纳爱一样去接纳痛苦

大隐隐于自己　小隐隐于世
我隐于一场豪雨
落下来的或者没有落下来的豪雨
它们是汉语中的盐
把我的一生的疼痛腌渍得痛快淋漓

# 童　年

我有没有童年　我一直不很清楚

它已不像是我的　像是我看过的一个电影

老旧时代的　默片 穿越剧

我回到童年　其实是回到自我这个穿越剧的源头

我的一生是一个幻象　我的身体

我的疼痛　我的爱恨情仇

都来自这个源头

是我编剧的一个片子

并且导演出一个跟头一个跟头的

悲欢离合

连我的生与死都是幻象

我的童年　是这个幻象的起头

我很重要　活在人间并且属于它

重要得让我头破血流　人鬼不分

我认同对自己的虚构　虚构得像散文

被自己抒情得一塌糊涂

黑寡妇自杀炸弹式的抒情和月晕般恍惑的抒情

被感动的除了自己　没有另外一个人

因此它是一个货真价实的幻象

从童年开始　我只擅长于这个

如果童年是可爱的　那也是因为

我可爱得寸土无争　一开始不知道要那么多
像动物那样　　和小孩子打架了不记仇

我的童年　是一个没有穿衣服的孩子
长大就是在成人路上的奔跑　冰天雪地的成人路
孩子的受伤是注定的
而美并无其他起源　美只源于伤痛
伤痛产生的美　一如从死里逃出来的生
从童年开始　我一路变得老旧
仿佛电影演到了后半截　剧情会有的
结尾和谁都一样
就像还有一点时间　我却没有了梦想
如果我还有梦想　我也不准备去实现它
我的幻象人生还是幻象
我不再认同它　活在人间
我已不想再属于它
活着不是奖赏　死亡不是失败
痛苦也不再是一种惩罚

# 小　物

我是一个被基因控制的机器人

我不知道我是这个机器人的时间

过于长久　那些小物

在我的身体里面到处游走

我的每一个细胞里面它们都能旅游到

我被命令着要这个要那个

金钱情色比别人更好甚至比好更好

我被指挥得上蹿下跳　鼠奔狼窜

与自己为敌

却假装和全世界是好朋友

我把它们当成昂贵的东西去侍候

我甚至还把它们美化成

理想或者抱负　爱情或者实现的自我

午夜墨色最浓时

白天朗日最明处

它们比色鬼眼里的美女还美

媚眼闪动　赛过妖的鬼魅

勾引我只身奔赴这个

五光十色的外部景观　人造世界

为了全世界只有我一个人承认的

这个叫自我的东西

我疯了　却只能假装没疯
我住在自己的肉体这个疯人院里
却假装我的肉体是个风景名胜

当我知道我只是一个被基因控制的机器人时
生命已经老旧到了火候
那些小物　已不能再轻易蛊惑我
妖就是妖　孽就是孽
我学着辨识我自己里面的
这只妖孽的画皮
这个捉妖术我学得并不好
我得重新做个小学生
专门捉弄我体内的这些小物
我现在的心动是为了心的如如不动
我现在的缘起缘灭是为了万缘放下

# 豪 赌

生命的问题　一个比一个大
大得我都笑场了　活着是一场荒谬
这是唯一一个一本正经的课题
原本无意义　必须把无意义当成意义
活着或许才是一场好玩的事情

生活就是一场人造的股市
牛市或者熊市
都是用来折腾的
谁把它当真　谁就是自己的凶手
所有的安慰都是安慰剂
仿佛耗子去找猫看病

人生就像非理性的中国股市
没有一个人说对过
说不对也要说　不说就要憋死
谁若说自己是股神　谁就是神经病
所有的神经病都变成了医生
用来医治没救的人类

我来到世上　原本就是一场豪赌

我来到世上　　原本就是因为胆肥

必须给自己配备一颗心　　强大到近乎蛮横

要比生活的荒谬更野蛮

我才能坚持着活到最后

# 鸟　事

在死亡之前　最酷的事情无非是
看自己的心如何先死
这是我来人世这个游戏场中
最嘚瑟的游戏

小小的发动机　这心的桃子
会跳动　不假装正确
会爱会恨　能现实也能虚无
只要还会恨还会虚无
我就不会是幸福的
我费力地用词每天擦拭这个桃子
直到桃子中的善良把我的手擦疼

我经手的每一件事都不成样子
这是我一生中最好玩的事情
如果我不再挣扎
我就不需要任何抢救

我身体的住址　除了删除
早已无从建设　我自己这个影子
这无中生出来的有　来地球一趟

为了失去这些假装拥有的玩意

我的手　这暂时拥有的东西
这基因的殖民地　原子的房子
我用它写过诗
抚摸过爱情　拎起额前的头发看过太阳
这暗自发力的灿烂
就是我的玫瑰蝴蝶和梅花
其实她们也和我一样
是一些暂时来过的东西

死亡是另一种生
和儿子从我的肚子里出来一样
非剖即生　怎么着都是无法无天的那种疼
心死也是另一种生
我在死前先要做成这件事
看着自己的心先死
和我生儿子差不离

无法无天的这种疼
我都得经历
活着的时候　还有什么是让我害怕的
什么事不是鸟事

# 荒　目

直到现在　地球都在痛苦地呻吟
或者长啸一样地号叫　像一个妇女在分娩
这些叫人类的细胞啊
是地球的癌细胞　越位　扩张
崇尚比多还多　吞噬地球的每一寸肌肤

我们就是一个这样的癌细胞　欲望和算计
我们无师自通　我们像癌细胞一样活了许久
那些蟹爪一样的贪婪和越来越烈性的恶变
让每一寸土地都变成了高楼
这些土地呵　原本是地球母亲所有孩子的
谁允许人类肆无忌惮　谁正在是撒旦
地球可以养活我们的命　养活不了的
是我们的贪婪　连食物链上吃人的狼
都害怕人造的子弹　每天都有物种在丧命
这吃地球的癌细胞啊　以文明的名义
在迅疾地发育

人类败坏着地球　就像癌败坏着肉体
满眼的荒目　疮痍的地球还有溃疡的人心
是人类献给自己的礼数

那敲响人类丧钟的　一定是我们自己
就像癌把一个人的身体一弄到死

也许　有一天外星人来到地球
把人类串起来当烤肉吃
也许那一天　人类才知道自己的恶行

地球上所有的生物和草木
都在等着人类的开悟

第五辑　我的慢时光

# 菊花茶

在茶艺中
当一朵菊花和一朵玫瑰花
意见相左的时候　如今我选择相信菊花

有关玫瑰　我曾为她写下 99 首诗
和一首玫瑰的绝望的歌
我的身体终于在玫瑰中建设得危机四伏
危险以其欣欣向荣　证明我在人间热烈地活过

玫瑰是一场豪赌
输了赢了都是死路一条　玫瑰和菊花
仿佛是一首词的两阕
这一阕为了等候下一阕

生活到了下半场　对手就剩下了自己
在一杯菊花面前　与自己这个对手谈谈心
汁菊的芯子里　郁金的黄
素简至单一
这庞大的天真　歹毒的单纯
这神在汴梁大地上开出来的闲花
让我见到　词里的南山

手枪这个词的两部分已经拆开
像儿童拆开一个玩具
手就是手枪就是枪
分别心与野心都缴枪入库
与自己握手言和　就是与世界握手言和
回想人生这一路打怪升级
严肃认真到令自己笑场

我要认出知识与理解之间的东西
认出那对待一切的谦卑
就像汴菊　把主权落入水中
菊花只有沉到水底　我的堕落才可以止住
我身体里的虚症才能被疗治
有点本事举重若轻
有点本事生死交响

# 每一朵菊花都是一条命

九月的大地著作等身　汴梁的菊花
是它最深静的一部
冶黄色的封面
岁月盘过的星月菩提珠子一般油亮

这些年　我一面攒着自己的命
一面攒着词语　就像秋天攒出菊花
秋风唱了　汴菊黄了
大地的燥热高烧一般退去
时间总是书写者　庖刀对牛那般熟络
落在纸上的　是哪一朵汴菊的灵魂
菊花简约　大地旷达
我也不怎么去述说痛苦了
理想者总要丢掉很多东西之后
才能衬托出理想的不凡
就像桃李过后　菊花莅临
大风刮来　我就跳舞
菊花那样

秋风吹来　菊花把头低至大地
我也学会热爱万物

护佑那柔弱的　祈福那卑微的
秋天到了　我要笑了
菊花那样　愿为美好的事物卑贱地活着
痛苦从不化妆　就像菊花就是一条人命
我已经失去了欣赏毁灭自己的能力
只喜欢通许菊花身上那一种野蛮的自由

# 后沟，我的慢时光

当所有的地球地理都在奔忙着向前
保持着统一着急的姿势和目的
后沟　犹如一块石头在流水里坐禅
抱住自己选定的词语
热爱谦卑　申请慢

去田地里取来粮食和蔬菜　够吃就行
玻璃耀眼　空气新鲜
日出而作　日落而息
去神殿里　被神恩宠
神不会给我想要的，但会给我最需要的
比多更多　是什么怪物
从前慢　从来慢
慢回去　和后沟村落里的万事万物一起
慢成地球上原本善良的动植物

人聚了人散了　刚刚好
人不聚也不散　也不错
时光流逝了　人还在那里
不热烈也不悲伤
没有高楼没有钢桥铁桥
没有什么大不了

这梦想颠倒　我就来到了后沟
寻找那种不被败坏的孤独
聆听电子琴出生之前本来就有的声音
不干的活水　永流的江河
意志波动　意识惊跳

生活遮蔽了比生活更大的东西
心　必有静止的时候
以便看清自己的无明
还有时间内部的黑暗

走出后沟　我们依然
忙着去发财忙着去恋爱
忙着高血压忙着高颜值
忙着生忙着死
在异性的怀里忙到昏迷
快马加鞭快刀斩麻外加快步流星
可是　我们再快
快得过后沟的慢吗

如今我活着　敢于不想和不要
像后沟的白天　光穿过树叶布置下的阴影
时光不走　我也不走
坐北朝南　鼠目寸光

# 欲擒故纵

心是用来跳的　心更是
用来碎的　活在世上
我就不怕心被苦难七擒再七纵
我早就习惯了自己与梦想的距离
再远又能怎么样
反正我的梦想从来就不是用来实现的
我的梦想也是用来破碎的
如同我的心　这又能怎么样呢

为了活得更皮实　我欲擒故纵
一擒一纵之间　我突围成另外一个自己
每一次突围都是一次死
每一次的死后如同生前
我因此有七条命　比猫少了两条
我用比猫少掉的两条命剑走偏锋
比别人更加成事不足
养肥我的孤独和近乎快活的忧伤

我原本无中生有
再也没有比这个更强大的事情了
我将继续欲擒故纵　和生命做这个游戏
直到最后的一擒到来　我故纵不动了
就不玩了　这又能怎么样呢

# 红的花绿的叶

那些红的花不知道自己是红的花

那些绿的叶不知道自己是绿的叶

它们只是任着性子开放着自己

让自己一味地红或者一味地绿

一味地和同伴们把红绿连成一体

那些红的花绿的叶不知道自己

是使人洁净的东西

就像丑行不知道自己是不洁净的东西

它们连自己成为风景都不知道

它们成为风景了还不知道什么叫风景

不知道自己姓甚名谁

它们不懂得把自己的样子用来修辞

对美修辞是肉体的我们暂时使用的手法

比如远道而来对沂山的红叶绿叶铺张辞藻

然后回到都市进入名利的大市场之中

那些红的花绿的叶继续在山上红着绿着

白天给阳光红着绿着晚上给空寂红着绿着

不故意红绿给任何人看

# 万叶落下

一万枚夹在书里的叶子也表达不出秋天的盛大

就如一万次寻欢作乐也代替不了一次爱情

万叶落下　像一万个词语落到了实处

万叶落下　生命不再表达细皮嫩肉的情愫

散装的孤独

零存整取的孤独

怎么可能比万叶落下之后世界的寂静

更响亮

万叶落下　一如打钟后的余音

布置的一片禅意

万叶落下　落成民间的唐诗宋词

我依然学会在这正派的诗词中

养活好自己的心

# 沂山的苍茫是神品

那些发明出沂山这些青山绿水的神灵
同时还发明了我们对这些好东西的想象
比如博大比如清澈比如文静
那些字典里的文字其实个个都是小小的神灵
哪一个字被说出
被说出来的还有这个字的长相和脾性
世间万物因此而有了自己的长相和脾性
苍茫其实是美学里面的神品
它完成的是这些山与水千万年的修持
还有我们的心灵在红尘里面的进化
太阳憨厚地把光芒洒下
洒给东边也洒给西边
让我们错过这光芒的
其实是我们内心的阴郁
行人们站在这里对远山近水指指点点
其实照看好自己的内心比指点江山更不易

# 寂静之门

百步之外是世声的喧扰

像大戏流淌着停不下来

百步之内是你在这里倾听

时间内部的声音

你代替我们在这里思索

你代替我们在这里思索了几百年

那些被你听到的声音

偏僻又深入

你是否为我们听聋了耳朵

时间蛮横而过

时间之风把多余的一切都吹散

你作为历史之门在这里定格

你作为智慧在这个角落里定格

那么多人在为欲望做着生命的挥霍

穷困而不自知

你依然一动不动地思索着

为这个世界雕塑一种

最丰饶的清寂

# 陕北唢呐

在神木　如果不说起它们
我就会感到贫血　我说的
当然不是血压与血脂心脏病
我说的是陕北唢呐

突变的时代
人心变得比时代还快
一些人忙着生　一些人忙着死
陕北唢呐忙着唱出这些人的生死
陕北唢呐忙着唱出这些生死中的挣扎
陕北唢呐忙着唱出这些挣扎中的不屈

陕北唢呐　死死活活都要唱啊
把喜悦与痛苦都唱得体无完肤
把生和死都唱到仿佛要笑场
是唢呐的本事

大风西去北往　擅长吹掉越来越高的事物
吹掉词语里面的雄辩
什么被越吹越低　一直吹至比草还低
被唢呐吹奏的事物就复活了起来

进入内部　进入缝隙
放弃用过的生活　放弃词语的高音区
做一个词语的禁欲者
只为唢呐听聋了耳朵
超越人类的那点不同意

不是越大型的悲伤　就越需要昂贵的治疗
在复活这件事情上　有时需要的只是倾听
比如在神木　唢呐在陕北的厚土中低缓迂回
人生又忧伤又丰饶布满荒凉的快活
真理宛如秘密令人兴奋
我的泪水涟涟或者泪水全无
不好意思再用痛苦的造句佯装诗意

# 海边的白蜡树

这棵海边的白蜡树是多么的殷实
每天只为活着而激动不已
树枝和叶子　像火烈鸟那样优美地相爱
风来了就摇动自己　风走了
它就不摇动　稳定得像大伞
没有一片叶子是多余的
秋天的海风吹来　叶子从树枝上落下
也就落下了　没有一声多余的聒噪
不像我　因为贫乏而囤积
囤积物质抱怨还有恐惧和敌意
说着自己不知所云的东西

波涛的声音淋上来　披挂在白蜡树的身上
大海仿佛有意　其实只是无心
白蜡树的每一片叶子都会婆娑
它的每一个念头都是仁慈的
对着不停来临的东风也对着北风
拍响我的左肩也拍响我的右肩

学习白蜡树好榜样
从容地治愈我所生出来的批判的念头
和假装真实的妄念

学习白蜡树做一棵好植物

白蜡树上的每一片枝叶都会感受到

世界上的每一棵植物的心也会感受到


这海边的白蜡树

它的美它自己是不知道的

它因而是迷人的

仿佛迷宫不知道自己是迷宫

自然不知道自己是自然

水不知道自己是水

它只是纯然地活着　活在每一个当下

活成一个生命　连名字也是我们给起的

它叫白蜡树　或者其他什么树木

这又有什么呢　人类对它的一举一动

和它毫无关系　人类的所谓科技和突飞猛进

5D　6D 或 7D

在白蜡树那里又是乱七八糟的东西呢

我们真的不需要那么多　要那么多干什么

我们是这个地球上的一个微生物

和白蜡树一样　只需要有限的食物

和有限的栖身之地　我们却把自己的房子

试图盖得比皇帝的宫殿还要大

最珍贵的都是不花钱的　不需要改进的

比如干净的空气和水　比如

头顶上的星光和心中的道德律　比如

海边的这棵白蜡树

# 去远方看一朵穿裤子的云

我把自己从人与人竞争的动车中拆卸了下来
像拆掉一颗大机器上的螺丝钉
我把自己退了回来是为了把自己重新装进去
我要去把自己装进游龙一样的动车里去
我要在人类的技术里飞奔
老火车站和青岛北站
和我的娘家一样亲切
我的归来是为了出发
我的出发是为了再次归来


在如旋的速度中我静止不动
看西部的风景大片一样掠过
看江南醉得像扳倒了的酒坛迸出来的液体
伟大的江山　随便一帧都是我的电脑屏幕呵
坐地日行八万里再加上动车追赶星星的里数
就是我坐着不动的速度
这是最好玩的日子　可以开花


乘火车去远方看一朵穿裤子的云
看一条穿布拉吉的瀑布
它们比我三岁时画的画还要美

陌生人啊　我也愿你面朝大海春暖花开
我甚至愿意在陌生的星光下
遥看万众同一的月亮
饕餮一顿世界级的荒凉

这正是我需要的狂野的时分
我正在爱上动车带我飞奔的速度
爱上一小撮脑洞的短路和大剂量的晕眩
爱上对于爱欲的遗忘
我要飞得更高飞得更高
我知足得像首富
活着是我的利润
可以奔驰地活着是我的超值利润

# 稀疏的银杏林

接着再写一相信的事物
比如被风吹走的情话　比如银杏林中
万叶落下后　秋的更大的行动
风正在把一片金黄的叶子按在地上又抛起
但不立刻要了它的命
像我的那颗过时的心
曾经的孤勇和偏执
我拿着它们生过疼过别离过
暂时没本事去死

稀疏的银杏林
广大的细碎　热闹的安静
我已用光的半生　全部凋零在地上
这伤残的风景　拥有寂寥和群星
银杏林下的落叶铺张得天空只剩下
那一小片令我不忍抬头看的白
是秋天献给尘世的一朵疼痛

银杏林的任务是更加稀疏
孤独者的任务是更加孤独

# 十字架让我来背

不祝福自己岁月静好

哪有什么平稳安顺

活着从来不是追求幸福

而是要直面黑暗和恐惧

2020 年毫无悬念地来了

比雷电的惊讶更肯定


如果我又疼了乱了

我知道那是我灵魂在生产

我的生命在宫缩　灵魂的产道在扩张

为了生下一个全新的自己

产道撕裂　肉体破碎

每一次破碎都是盛开


亲爱的自己　这原本不是什么可抱怨的

成长的历史原本就是一部伤害史

伤疤是我的勋章

没有伤疤的人　不配有力量活下去

剩下的时间　我只做一件事

敬字如佛　把生猛的伤疤

开放成被老虎细嗅的蔷薇

要么活　要么不活

活着的时候　十字架让我来背

恳切如词语

# 光

神说　要有光
于是有了光

这不是我的光
我在白天也看不见这光

我的光　只能用自己的命发出来
用钻木取火的方式发光
如果不是用钻木取火的方式取来的光
它照不到我内心的黑暗里面去
这个时代爱发展到什么样式里面去
霓虹灯一样的光像鬼眼
五光十色
我的光　必须回溯到远古
穿越在时间中失败的玫瑰和爱情
穿越我死里逃出来的生
这唯一的生

时光是一种什么样的光
永远是一种什么样的远

我的光　不在带电的灯具里
如果我的生命不是自己的光
它一定就会是我自己的巨大的黑暗

皈依并不是在一个处所
皈依是在路上
在我的生命
从黑暗变成光的路途中

# 九条命的猫

我与猫互相陌生　我与狗

天生亲近　我与它好得可以打滚

狗是我牧歌式的朋友　猫不是

猫让我打怵　它的眼睛像剑

不出鞘的剑

不怒而威　以气杀人

我爱我家那条叫黑格尔的狗

爱得生疼　我也尊敬所有的猫

它们陌生的打量　漂亮的质疑

眼神里面的决心和坚强

比神秘女人的神秘还狐媚

足以承担九条猫命


猫有九条命　我只有一条

用来死里逃生　我说过

死里逃生是我唯一的生

死里逃生九回　我的命就能像猫

变成九条命


时光的上游　住着失踪已久的我自己

那是我的一条命　像猫九条命中的

其中一条　我失踪了几回

就死里逃生了几回

我要活下去　就得不停地失踪

把九个旧我失踪掉　我才能像猫那样

把整个生命活完

# 皈依是在我正在行走的路上

我从母体里面出来

无端又霸道　谁允许我被无中生有

我活了下来　其实不是一次生

母亲啊　那是一次死

失去了与你共生的一次丧失联结的死

从此我一天一天地活　就是一天一天水深火热的死


我的内心生来就是一个小兽

我长大　那内心的野兽也得到营养

长成野兽　比老虎狂野

爱情更是虎穴　比林海雪原更是深渊

被吻之后万劫不复

繁花似锦的爱情呵

这伊甸园中蛇指点的苹果　比罂粟更明艳

命令我以身饲虎　视死如归

我必须深入虎穴　与自己这个野虎共生

与它对峙　与它拔河

我比谁都是那个少年派

必须与自己这个野兽周旋　化敌为友

自己把自己抢救出来　才有可能活着出去

基督为了爱我　把他的儿子钉上了十字架

神的儿子从命里流出我的血　以他的死为我救赎

我在神的庇护下活了下来　这样地活着

终究是不是我的复活　神呵

如果我的身体依然沾满世上的尘埃

沾满仇恨嗔怒和欲望

沾满私有化的情绪

我的活依旧是我的死

词在一个一个地找我

一个句子一个句子地在找我

好心好意的词语呵　你要让我找到我自己

在我自己生命自身的迷宫里

我的死是我的生的消息

神啊　他人经受的我必经受

我的苦难毫不特殊　神啊

为了这复活我必预先万劫不复

要不我要这么漫长的人生做什么

我正在获得保存的力量

我是我所有正在变化的事物的稳定中心

皈依从来不是一个庙宇一样的地点

皈依是在我正在行走的路上

皈依就是把心灵的窗户敞开

拆掉它四周的框子

那看不见的终能被我们所见

皈依就是重新认识常见的事物

天真地活下去　　天真到令人发指

天真到无情可绝

# 夏天和我一起坐在海旁边的椅子上

夏天和我一起坐在海旁边的椅子上
我扭头看它
它就不是别的
它只是我的一个熟人

夏天不和我说话
它从我手上吃它自己的草
它的胃口很好
我的过去模仿一个少女走来
和我一个模样的死者也顺势搂住了我的腰
我们三个人站起来一起朝着海走去

我刚想对她们张口
话语已经过时
我的手还未伸出
早就没有个什么动作可供我完成
爱这个晦涩而艰难的夏天吧
这个念头还没有冒出
夏天就颠着它的猫步走远了

我坐在椅子上

扭头看到的该是哪一个夏天

如果椅子老了
我是谁
如果老去的是我
发生在海旁边的是一只什么样的椅子
如果没有我
那么谁将坐在海旁边的椅子上
代替我忍受时间的蛮横

# 海岛笔记

在海岛　我坐在礁石上
只能写出一行行花拳绣腿的文字

海岛才是一个诗歌重镇
那大海日夜像个诗人在吟唱
把波涛排成一行行诗歌的样子
白浪冲向赭黄的沙滩
就是一句诗行念出了它的最后一个字
那些把落叶当柴火的人是听不到的
那些削尖脑袋奔往名利场的人是听不到的
大海的诗歌是念给无限的少数人的
那无限的少数人是真正的爱诗人
他们由于倾听
而被神眷顾　他们由于倾听
而懂得人间的爱恨情仇
可以像小提琴的腰那么美

在海岛　我坐在礁石上
可以不必有出息　可以不必坚强
海岛上没有一点点技术的衍生物

连肉体的生死问题都可以不必有

我不好意思再对着

粽子一样束缚着的内心磨叽和抒情

# 玩物一点也不丧志

我可耻地成熟了
这只是时间的一个阴谋
我傻乎乎地与不知是什么的东西在比赛
过着你追我赶的半生
我其实从未赢过别人
却时时输掉了我自己
我的好时光死得很惨
死没有死成烈士
这一生假如我过得不是我自己
一个生命烈士又有什么稀罕的

我独一无二的　生下来就是
我却被要求要去美化自己　画蛇添足
把自己当比赛的物品使用
我原本足够好　我根本就不需要再添加什么

太阳一大早就起来了　古时候就是这样的
风想起来就起来了　人类绝种了风也是这脾性
互联网来了互联网就会走　能来的就一定能走掉
让别人有用去吧
我只想待在这里

敬畏所有的自然律　阿弥陀佛

玩物其实一点也不丧志

是谁也骗不了我的时候了

我已经足够好　如果再能干点无用的事情

我会更好　比如写写诗歌

串个手串　与好玩的朋友调侃一下人生

笑一笑自己

无用才是大用

初秋即将来临　我只想老老实实地品味一点秋的闲晃

# 写下不存在的光明

写下来吧　如果不写真的能死人
那就写吧　不会生活
不接地气　那又能怎么样
爱说啥说啥　能咋地

写下来吧　反正都得死
如果非要死
就把自己写死　奇葩一样去死
也比活到老死要好

写下来吧　写下死亡这个字
这个字的灵魂　指甲和绳索
我就不会失魂
失心比失身还不好
失魂比失心还要孬

写下来吧　就算没有救也不要紧
写出最接近于丑的美
在最靠近黑暗的地方写
写下不存在的光明

# @ 亲爱的自己

我整天@别人
这个人或者那个人
认识的人或者不认识的人
想@的人或者不想@的人
我都@

今天我只想@我自己
@亲爱的自己
@我的每一个血红素
@我即将度过的每一天
@忧伤的那个我@偶尔快乐的那个我
我从四面八方@我自己
从45度斜角或者30度俯角@我
甚至@我身体里的每一个癌细胞

亲爱的自己
即使我命如草芥　活不出想象的绮丽
也无法说出绝尘的思想
我也一点也不在乎这些了
亲爱的自己
你看看外面花已红得多么及时

树叶也绿得多么欢畅

你应该活得红花和绿叶那么自然

和灵长类的人类不一样　你看它们

欲望得那样少　只是想

纯然地活着


@自己@我自己@亲爱的自己

自己给自己一个支撑

哪怕是一个形同虚设的支撑

@高伟@亲爱的高伟@老旧的高伟

痛苦也许不是不可忍受的

只要你不在想象中给它增加什么东西

痛苦从来不是什么特殊的东西

它像空气一样平均分布在空气中

@自己@亲爱的自己

痛苦是因为我的生命中还有垃圾

@高伟@亲爱的高伟

继续爱那生命中的美　哪怕是不存在的美

为美献身　哪怕成为美的烈士

@自己@亲爱的自己

一如既往地天真下去　哪怕

天真到令人发指

# 阴雨修书

风正刮得危言耸听

雨正下得伤筋动骨

我在修书　笔像风中雨中的孤帆

在沉浮中爬行


我试图说出一个字里的千言万语

说出文字里面的百年孤独

文字里的百年孤独就是宇宙的百年孤独

笔和剑殊途同归

修书就是修心

修心就是修灵

大我和小我本是一人

小隐隐于世　大隐隐于自己

雨还没有下够

我命里的荒凉还远没有够


风声肥大　叫魂一样

我不孤独　我孤独惯了

我在这里杀人

把已死的自己再杀死一遍

# 主呵，是去爱的时候了

主啊　是去爱的时候了
他们和我一样　是物欲的难民
我缺的正是他们缺的


主啊　是去爱的时候了
爱我爱的人是多么容易
爱我已有和没有的物质
爱起来像擦滑梯
主呵　爱我陌生的人
爱我的敌人　我还是多么不习惯
如果我还不会爱
就让我把头低到泥土里
借助于种子破土的力量去爱吧
如果我依然不会爱
我就借助于你父一样无上的仁慈去爱吧
你那十字架上的血啊
早就被你恩准在我的血液里


主啊　今天我检点自己的内心
那里面有多少垃圾啊
主啊　今天我像洗内裤一样清洗它们

它们像我私处的垢物

终日不见光线

让我难以去爱　像爱的血统里

浓厚的胆固醇

是灵魂血脉里的斑块和脂肪

是无数个小我在制造的妄念

那仇视别人的东西

其实是让我苦难和堕落的东西呵


主啊　帮助我取消偏见和抱怨

哪怕小小的敌意也帮我取消吧

帮助我去爱　像心脏病患者

血管里打上的支架那样去扩展爱


主啊　我这个原本没有的东西

活下来其实已经是超值的利润

我这个原本没有的东西啊

本质上的尘埃

我爱自己这样爱的生疼

把一个没有的东西爱得这样性感和排他

我已经是怎样无名地　糟糕地活着呵

主啊　我遭罪是我胡爱得罪有应得

我遭罪是因为我不知道怎样去获得那广大的爱


主啊　全世界的动物和植物

都在等着人类去开悟

我在等着你的力量

温暖地落实到我的生命里

# 新

我们试图写出

一切人成为一切人的同时代人

无论是生者还是死者

其实都不是一个新人

我们披挂着今天初升的日光

走刚铺完的新路

无非是去重复过去的悲喜剧


爱是新的　爱情不是

爱情小于爱就像果子小于果壳

露出水面的冰小于水下的冰山

从南到北再从东到西

我们分头去生分头去死分头去假笑

在爱情里抽筋或昏迷

欲望如天鹅绒般的小腹

海怪般起伏

这也是一条重复的路

开始的缓慢和然后的不确定

忧伤如此天经地义


每一年用 365 个日子

成功地练习了自己的消失

轰隆隆一场　还给星空寂寥

新年露出了它的嘴和脸

一场对于时间越狱的戏剧启幕开始

这是最好的时代

这是最坏的时代


那些即将被技术和数据发明出来的事物

我们被等待　是人还是机器人

多么老旧的张狂　癫疯得如此新颖

我们自己制作的坟墓

外表华美　无非是一座华美的坟墓


美丽的水待在地球上

不被我看见时它最美

就像事物还没有被命名以前

那些配得上不说的事物

新鲜而耀眼

# 阳台看马

马是世上最性感的活物

时针与秒针

在表盘上走台如世界超模


马让活着成为世界上最露骨的事情

它只一声尖叫

阳台下面的废墟又塌陷了一次


已知它们独特如悬崖

而我的一生如悬崖边上的等候

时针与秒针步调一致

生与死步调一致

如同马的前蹄和后蹄步调一致


不如跳舞　必须跳舞

虽然已知它们早把我当鸟蛋

不如跳舞　必须跳舞

把舞跳得跟没有跳舞一样　　或者

把没有跳舞跳得跟跳舞一样


已知流行了网红和万众创新

然后即将流行刺猬型网红和狐狸型创新
马依然奔驰性感如活物
马蹄奔过之处鸟飞蛋打

我在阳台上看马　万马奔腾
那些吹碎过历史的风
此刻吹碎我的预言
有一天世界重新安静如处子
人类像恐龙一样成为化石
马依然是世界上最性感的活物
花朵妖艳　植物安稳
风继续吹　岁月静好

明天依然是万马齐喑的日子
我有需要服膺的愿望
死是不可怕的　唯一可怕的
是不能为爱情而死

# 熊

我愿意我的身体　早一点变成
这样的形态　在夕阳下端坐如熊
向世界和子孙闪念出
胖胖的目光　偶尔打出一个
比不倒翁还安稳的喷嚏

终于和谁都不争了
和谁争都不屑了
和谁争其实都是和自己争
终于不害怕天黑了
天黑又有什么大不了的
天亮天黑早就是大过我的事情
没有我的时候它们就大过我
神在开天辟地时它们就大过我
我是偶尔的小物　不比一缕烟
轻了重了多少
终于不用为生为死较劲了
那真是遭罪的事　化疗一样遭罪
那些我曾经以为的天大的事儿
其实都是屁大点的事儿

现在就开始让这个熊在身体里出没
让它缓慢的蹄子在我的身体里面迈动
它不来　我就勾引它来
我每天爱它一点点　爱它爱得多了
它就会来的
这熊呵　比我三岁时画出的娃娃熊
还漂亮

# 雪

这个世界上有雪
就一定有和雪这么纯粹的事情
比如清白的思想　比如明澈的情怀
比如白白花花人间的那些细碎的善良

需要在大雪面前停下来确定
世界上那些始终干净的东西
一种关乎地球美学的理解
一种不属于物的优雅
一种和所有时代无关的生命的神性
一种熵减哲学的从容和淡定

雪啊　你就是大自然词典里的词语
诗篇中落下来的汉字
雪啊　我在幽暗的世界里
安稳一如雪花开了一夜
慢　是最伟大的速度

我的全身沾满了雪白的眼神
直让我追问　笨笨憨憨的雪粒
你是哪朵花的天涯

你给了谁摆脱他物约束的高贵
你因循什么选择了在这个混沌世界
熬炼自己的清白

在雪地上　我想大胆一些
反正我只能苟活这一生一世
我要在这里撒撒野
借助于一朵雪花飘洒的力量
我的灵魂也飘洒一次
让我在天空中也如一朵雪花那样
活出好远
远离人事　像一个散仙

# 几多愁

所有的春花是同一朵花

从绽放到飘零

所有的秋月是同一个月

从饱满到消瘦

春花秋月何时了

往事故意不知道有多少

忧伤吹响中的笛子孔那么多

孤独弹奏中断掉的小提琴弦那么绝


小城昨夜又秋风

秋风秋雨秋事秋声秋海秋虫秋水秋愁秋疼

天凉好个秋

向秋天的一朵云呢哝

请它说话或者不请它说话

秋天的云朵清白得让人想死

清白比混沌更加是一位独裁者

柔软比坚硬更加命令一颗心

梦幻般波动和豹子般惊跳

那些朱颜已改的雕栏和玉砌

那些时光里的旧故事　恋爱和喜欢

只有虚度过的人才能懂

春水是用花朵去流的

秋水是用眼睛去流的

一江秋水啊　向东去流

既然天上的悲怆搁在大地上流

就把千秋的冷暖搁在我的血管里流

从前世流到今世再到来世去流

钟的秘密的心脏里流出来的苦难

请用沧海的方式汇集到我的眼睛里来流

一个地球的正史和野史

一张 A4 纸张就可以概括

如一颗琥珀般的眼泪那样去流经

我这个正宗蚁虫　这个芥豆

这个货真价实的暂时拥有的东西

还怕什么被谁追问能有几多愁


果壳里的宇宙　我是如此之小

比躲避于超我中的自我还要小

比哲学中的那棵芦苇的脆弱还要小

墓碑　这个比哑巴还沉默的物质

它形销骨立地站定

比任何事物更加震耳欲聋

提醒我的余生

坚硬如一朵破碎之花

第六辑　我想知道得更少

# 我想知道得更少

剩下的就是

我想知道得更少

我想不知道得更多

把有限的生命

落实到无限的虚处

玩物养志

将日子虚度到底

忘掉原本就没有的名声

作一个声名狼藉的人

我想上看下看左看右看

既不努力忘记　也不努力记得

我想拿一本书

面朝大海　鼠目寸光

# 以卵击石

可以堂吉诃德　和风车作对

结局已妥　死是定局

可以不作对　向死而生

或者不生　自绝于自己

生或者死　无所谓

像真由美对高仓健说

我是你的同谋

就是不能阴阳怪气　假装高贵

以虚弱假扮美德　以攻击佯装有力

痛苦是我生命中的垃圾

不比厨余垃圾可爱

现在就在积攒了

以卵击石 以石击卵

都梨花白　白得宠辱不惊

花朵把春天招呼进我们乱乎乎的心灵


花朵在过着　一直在过的生活

花朵把春天招呼进自家的庭院　招呼进

我们乱乎乎的心灵

消逝的爱情　生而为人的命运

失败的生活和写坏的句子　在它们之后

花朵依然像一个一个怀孕的女人
把自己出生在. 高于诗歌的地方
让我不得不为自己的浅薄目瞪口呆
从现在起　我要学着
对生活送给我的每一分钟都好生地敬畏

# 不怕就不怕了

一朵梅花花瓣

极其偶然地落在了我的右肩上

仿佛一个弟弟落实到我的心里

花朵低低的头仿佛情话低低地说

心被故意漏掉一拍

仿佛心电图乱了一纸

因为必死无疑所以才要天不怕地去活

爱就爱了　不怕就不怕了

爱就爱它个天地都肉麻

爱就爱它个黄昏都脸红

这样爱过的人　其道路

必然通向被神初始恩宠的伊甸园

# 不一样又怎样

那永恒的理想是保持对世界的惊奇

不再是别人的爱定义的存在

幸福这种东西　终于轮到我说了算

不一样又怎样

风还会大起来　变卦似的

风越大越猛　我心越荡

反正岁月高开低走　都是死局

我就唯舞独尊　唯诗独尊

知道自己的知道

也知道自己的不知道

# 关　键

关键是　我得学会像蚂蚁一样工作
像蝴蝶一样活着

关键是　死就是把不属于我的东西
统统送回给红尘

关键是　要偶尔允许自己放浪形骸地开
白天开晚上也开

关键是　活着不是奖赏
死亡也不是失败

关键是　把你当成是世界第九大奇迹
不去分清梦是假的还是醒是假的

关键是　我的梦至今未娶
我也至今未嫁

# 诗 经

那文字的第一声娇嗔　大地腹部
突然隆起的生命
那诗歌的生母　被血缘确定的
纯种的基因
那词语的夏娃　做了一次露骨的情事
用花朵死了一次　再用文字去活过一回
诗歌的步子开始分行而来
像我伸出的手指　长短不一
美正在失去逻辑
不像规律里面的推理

直到现在　我还在写着恳切的诗歌
不为我命里的疼痛可以断子绝孙
不为指出我身体里面生生不息的黑暗
只为执子之手，与子偕老
只为死生契阔，与子成说

# 与大自然合并同类项

做一个失语的人其实也没什么
花朵依然把春天说出声来
大叶子把太阳的关怀复述得多么妥帖
大海的每个边界都有它的左邻右舍
大海和它的左邻右舍交往得那么好
故意用不一样的景色表达独特的友爱
万物其实都在用深情与春天肌肤相亲
它们的情欲是多么的健康
没有什么艳照门用来撩拨窥视欲
我多么愿意和大自然合并同类项
同植物们打成一片
成为其中一片惊讶的叶子我也愿意
山青得不抢眼水秀得不浊乱

# 心不比天高

这就是我的心灵所需要的生态

山青得不抢眼水秀得不浊乱

云白得素雅叶绿得简洁

所有的草都在开自己的花

所有的花都在做自己本分的梦

雨像小果子往下落　泥土就懂了

它以滋润自己的方式答谢着天神

帆一扬起　海就懂了

它以自己的辽阔为帆饯行

这就是我的心灵所需要的生态

天下面是万物

虫草长在自己该长的地方

花木只取自己所需要的食物与美

阴去阳来　昼尽夜临

心不比天高

# 卡夫卡的疾病和甲虫

我在一条走投无路的路上走着
越是走投无路　我走得越深
像卡夫卡走向他的地洞
像卡夫卡变成的甲虫那样去走

我饿　但我吃不下任何东西
满世界的食物　都不是我的
我在把饥饿团结起来　团结得浩荡
饥饿就是我的食物
我不是在挨饿　我这是在劳作
饥饿就是我的劳作

我有疾病　如果这个世界是健康的
我绝不准备康复
我与它是两立的　而且不准备融洽
我每天有一张白纸
卡夫卡的肺一样的白纸
我像一只甲虫在纸上阴影那样爬行
爬行是我的劳作　疾病也是我的劳作
我的居所是一个叫 K 的房间
它是我的心灵

# 爱春天也爱冬天

春天已来　窗外就是巨大的春天

阳光　明媚得仿佛外婆的手掌

轻轻抚在我的额头上

我刚要说　我爱春天

我就接着说　不不

我　春天热爱　夏天也热爱

阴天热爱　寒冷的冬天也热爱

我已经没有任何分别　生疼地爱着我的时间

爱着我的爱恨情仇　爱着即将攥来的每一分钟

爱吧　除了爱

没有任何一件事情　可以让我们的生命

起死回生

# 伤疤是我的勋章

如果我们又痛了哭了

请相信　那是我们灵魂在生产

我们的生命在宫缩　灵魂的产道在扩张

为了生下一个全新的自己

产道撕裂　肉体破碎

每一次破碎都是盛开

亲爱的　这原本不是什么值得抱怨的

成长的历史原本就是一部伤害史

伤疤是我们的勋章

没有伤疤的人　不配有力量活下去

剩下的时间　我们只做一件事

加强我们自己的力量

# 一滴雨

雨在窗外　正在一滴一滴
落下来

一滴雨就像一个词
我吃词　我靠词活着
我的命就是靠词的雨养活着
词还能再有　不像窗外的雨
下完了就停下了
词雨的好处就是　我怎么写
都用不光　都在下雨
因为有词
我才成为一个活不够的人
没有词　我肯定活够了

当一个词像一滴雨落下
一个锃亮的词
一个干净的词
一个有气质的词
一个渊博的词
我就能高兴地欢呼起来
把自己当小蜜那样去养活

# 梦里的我并不一定就是假的

我一生最想去的地方

就是我睡眠的那个地方

有时比没有还肃静　有时

比恐怖片更惊悚

一大堆一大堆的蒙太奇

不讲究逻辑和纪律

我总觉得我死后活着的样子

就是梦里的样子

一生中我最不害怕的地方就是它

所以我也越来越不害怕死

死亡不是失败　活着不是胜利

我总想醒着的时候在睡里活一回

一回也没有成功

醒着时我信以为真的情绪

其实并不是真的

梦里的我也并不一定就是假的

我已酣然入睡

我正在看着自己酣然入睡

第七辑　像妖一样去热爱

# 量子纠缠　我们遇见

亲爱的　这是多么神奇的事
我们在数以亿计的人类中遇见
像量子力学中的量子纠缠
无论隔着多少光年的距离
我一疼你保准也疼
我一乐你保准也乐
亲爱的　遇见该是怎样的惊魂动魄
对我来说天底下的大事小事属它了不起
就像钥匙在它的锁孔里三百六十度跳动
旋转成杨丽萍的孔雀舞
就像一本书的封面遇到了它的封底

亲爱的　如果没有你
我就是一个单词你就是一个单词
百年孤独了那么久还是没好
那么多的词　数以亿计
我们竟然遇到了
押韵是声音的交媾
词与词在互相触摸中得到快意
我们像词与词紧待在一起
组成一个双人舞一样结实的词语

养眼养心又养魂

亲爱的　遇见你
我的欢乐像植物一样从小到大
又长了一遍

# 像妖一样去热爱

爱要有妖的决绝　人的缠绵是不够的
生命也是　要像妖一样执着
孤注一掷地去爱　爱得鱼死网破
爱得前言不搭后语
像堂吉诃德热爱风车那样较劲地去爱

相信未来　相信阳光和善良
哪怕虚设一个未来也要去相信
没有阳光我们就自己发出光芒来
照亮自己的阴影　生命中最本质的好
爱与生命　人的缠绵是不够的
人比妖要复杂得多　妖痴迷得不像话
妖不知道人有多坏
人的坏因此对妖是肤浅的
不疯魔不成活　也许便会没有也许

有时候　生活遮蔽了比生活更大的东西
心必须有静止的时候　以便看清自己的无明
还有时间内部的黑暗
每晚我像清洗内裤一样清洗我一天的罪过
我才能干净一点

我高高地举起诗歌　连同被损害的美的低声呜咽
除非爱到很深　深到恨不得我也是妖
有力气背负着自己的罪过
我愿意因此经受着爱情天长地久的折磨
还有生命的恐惧与必将来临的绵延苦难

爱是漂亮而困难的问题　要获得爱
必须把自己变成妖　我弱小得只有进攻
我天真到只能无邪　东邪西毒的邪
万箭穿心　习惯就好

# 爱我你就要活过我

有一回想象你死了
瞬间我就心脏病发作
你不能死　不是为了你
而是为了我　你不能死
你死了也必须给我重新活过来
不然你就是图财害命
杀人不眨眼　你就是希特勒


我为你祈福
可我害怕我的祈福是弱小的
不够有效　我就想发动
所有能祈福的事物为你祈福
我要把每炷烧灼的香发展成闺蜜
让她们帮助我为你祈福
我要讨好每一块石头为你祈福
我要贿赂我写出的每一个字帮助我为你祈福
我要花大价钱赎回每一缕风的基金为你祈福
我要用我流出的每一滴眼泪为你祈福
互联网里面所有神秘的云计算
都在辅佐我变成为你祈福的好工具
我要动员全世界所有的无产者有产者

为爱祈福　就是为你祈福
我要用做一个像你一样的好人的方式
摆出一个佛的姿势
全部用来为你祈福

爱我你就要活过我
爱我你必须活过我

# 至爱至仇之声

今天我不需要你的灵魂

我只需要你

像蜗牛需要一个壳

放弃一直假装着的有力

再傻一点　才能不看透人生真相

按照言情小说的标准去爱你一回

像创可贴热爱伤口那样去爱你


外面的时间仍然像韭菜一样从不断货

我就逮捕钟表

逮捕那一轮照耀万里河山的月光


就像不发达不是发达的一个阶段

而是发达的一个后果

恨你也不是爱你的一个阶段

它肯定是爱你的一个后果


我一直怕死也怕活

活得一点也不哲学

有时候像老虎爱肉一样爱

有时候像女人生孩子一样疼

自从有了你

怕死的死和真的死是同一个死吗

爱你的爱和恨你的恨是一件事吗

# 这些叶子被我允许成为动词

亲爱的　当我们爱着
那些正在熟透的叶子
那些村姑一样纯正的金黄色叶子
都被我允许它们成为动词
它们被允许按照我的需要长
沿着自己的脉络长出那些
被我叫作思念的东西
亲爱的　当我在心里呢喃你
那些我秘密使用过的词语
比如遥远比如心疼比如祝福
都会有一个金黄色的模样
亲爱的　我想说的是
在这个世界上我最昂贵的角色
就是当好爱你的人和你爱的人
亲爱的　当我想象自己
以一片石红叶倒向秋天的姿势倒向你
我就成为世界的首富

# 你必须假装到我老糊涂了才行

我早就青春失败　失败得见底
只有你哄我　假装君子好逑
假装我早就不飘扬了的头发还飘扬
你假装得仿佛不假装
把一朵玫瑰哄得红艳芳香
把一只蝴蝶哄得齿白唇红

你一直要这么假装下去
假装没有我就活不了　这么个时代
谁还肯相信没有谁就活不了
假装除了我你对谁都爱不起来
假装我昂贵
让你的时间和精力都值得浪费进去
假装我是一个不可能的人
假装我是你的命　你的命里
不会再有别的神
假装我是一所好学校
你的身体在我的怀里天天向上

假装是我让你想念到体无完肤　假装
你愿意为我当情圣　假装

爱我爱到只能恨　假装

要壮烈你只为我当爱情烈士　假装

愿意让我欺负你


你必须这么假装下去　你必须

假装到我老糊涂了才行　假装到

我笑着去死　假装到

每一天都爱我爱到天荒地老　假装到

我每一天都在你的假装里面真实地生存

不然你就是图财害命　你就是

万劫不复的刽子手　你就是

杀人在逃犯


你要把一朵玫瑰假装哄得至死都红艳

你要把一只蝴蝶假装哄得到死都凌舞

# 七年就痒的爱情不是我们的爱情

我不许你咳嗽

你嗓子疼的时候我心疼

我不许你长湿疹

你皮肤难受的时候我心难受

我不许你吐酒

吐酒是件头痛的事情　这事情我尝过一次

你头痛不如我头痛

你肉疼我就神经疼

这痛苦一点也不励志

它让我痛苦得一点都不其所

它纯粹得不增加免疫力

这痛苦一点也不让我悲壮

就是痛死了也不能被追加成烈士

亲爱的　你身体的痛苦就是我的痛苦

这疼就是我心上的神经

要么好好活　要么去死

我们没有中间的区域和地段

我不许你死在我前头

你死了也必须给我活过来

你要允许我耍小性
不和爱情讲道理
我们栽种的就是这么一枝
不讲理的玫瑰
要么健康　要么病入膏肓
七年就痒的爱情不是我们的爱情
没有我们的允许
就是百年玫瑰也不准有一点点走样

亲爱的　就像书和汤匙
锁和钥匙　剪刀还有锤子
它们一经发明　就想不出更好的了
玫瑰一经被我们侍弄
连上帝也想不出比她更好的花朵来了

# 把一枝梅花弄到梅花带雨

现在我就要去做这件失去理智的事情
把一枝梅花弄到梅花带雨
弄到我自己是一个魂不附体的人

亲爱的　我不想写一篇没有温度的诗歌
就像我们不弄一棵不是梅花的花束
这个现成的世界是不健康的
转基因的食物一样有毒
不是人待的地方
亲爱的　我们就再造一个好地方
让梅花排场地住在里面　像我们的命
排场地在里面轰轰烈烈地长　排场地
活成一个天然的动物或者植物　排场地
在里面要弄就弄她个 99 弄

仅仅活过一生是不够的
我们要活过的是我们的一生
梅花里面住着我们自费的灵魂
连同我们自费的身体
我们的身体和灵魂比公费的江山昂贵百倍
亲爱的　我们爱得多么孤单

孤单得还不够　除了继续孤单地爱下去
我们根本不想再去做谁的群众
除了再次出生　我们没有别的活路
梅花就是我们再次出生的地方
再次出生的人才是复活的人

亲爱的　我们的爱情不准备让别人懂得
我们的梅花不准备光耀他人的生命
就像我们的身体不准备再为别的事业繁忙
除了弄梅
在梅花里面　我们一弄再弄
就是我们比做总统还重要的事情
亲爱的　剩下的日子
活着就是手忙脚乱　嘟嘟哝哝
未来就是什么都没有
时间就是白茫茫一片真干净

# 不傻的人不配来弄梅花

死亡不是什么惩罚　活着

也不是什么奖赏

没有什么是来奖赏我的　除了梅花

梅花开放在遥远的地方

比实现共产主义理想还要遥远

亲爱的　我们竟然弄到了她

这么小的籽儿里面竟然有

梅花这么美的宇宙讯息　亲爱的

为什么是我和你　就如

为什么不是我和你

我的灵魂非你不嫁　就如

你的灵魂非我不娶


我活在人间　但不属于它

人间也不拥有我　我是它的尘埃

我只是个过客

我租下地球上的几十平方米

用来打盹和煮米　我租下几十年的时光

用来弄梅　亲爱的

外面的世界多么轰轰烈烈啊

新世纪正在显得像焰火一样气喘吁吁

亲爱的　你要傻到什么程度

才能转移到梅花里面来爱我

亲爱的　不傻的人都去弄别的去了

不傻的人不配来弄梅花


把途中遇到的时光全部装进小篮子里面

用来回家弄梅

我们的心里就会开出 一万盎司的梅花红

剩下的日子不多了

我们在地球上的租期不多了

亲爱的　我们做想做的事情

不做应该做的事情

亲爱的　我们只管低头弄梅

然后抬头望天

我们不一定非得像他们想得那样美好

我们也并非得像他们想得那样成功


担在我寂寞的肩上

蝴蝶啊　你最终的莅临

我得交付多少与这暗夜孤单的肉搏

# 玫瑰像黄金开放命令我舞蹈

你这个最好的人类　让生存中止
让词开始 玫瑰像黄金在空中开放
命令我舞蹈　我喃喃自语
命令词语舞蹈

你是我的理想　比理想更鲜艳
理想不知道的地方　你让我知道
如果活着有报答　你就是我的报答
如果活着有天堂　你就是我的天堂
玫瑰被催促着的　是生命的好
不止是辞令的好　智慧的好
也不止是身体的好
玫瑰被你圆满生命的好催促着怒放
是不得不怒放

我被你这样爱着　天知道你还能怎么爱
你还将怎么爱
你这么养我的心　把我的心怀孕
玫瑰自己要出生呵　多少次
我像一个孕妇　来不及回家
词语因早产而临盆

差一点把玫瑰生育在马路上

亲爱的　我随时能为你泪如雨下　随时
都在爱着你　爱你永远是进行时
像英语当中的 ing
亲爱的　你的爱让我贪恋生啊
过去的我多么不恋生　愿意早死
回到我是尘埃的地方去　过去的我
绝不想再出生　懒得连风都不想再做
你的爱让我想要来世啊　假如
来世有你爱我　有你
这样养我的心　亲爱的
来生 我们玫瑰里面去约会
我开出的那 99 朵玫瑰啊
她们是你的骨肉
你绝不应该认不出来啊

# 我们到不需要创新的事物里面去

所有能创新的东西我全不再要
我只想活在不能创新的事物里面
比如 空气和水　比如
草的浅与情的深　比如
昼起夜落日升月熄　比如
稳定的节气与上天的道德律

我们到不需要创新的事物里面去
所有的速度都像动车一样起飞
亲爱的 我们就做豆荚里的两颗豆子
哪里也不去
就待在火柴盒一样大小的爱情里面
你瞅着我我瞅着你
像王八看绿豆
我只想在我还能活下去的时候
在你的生命里证明我还活着
尽收眼底的不再是那个
曾经叫外面的地方
连成功也不再是一个稀罕的地场

我不想拥有一切就是没有生活

我其实只想在一间貌不惊人的房子里面有你
房子里面有你就是我的生命里面有仙
就是物质里面有灵
就是植物里面有玫瑰　玫瑰上面有蝴蝶
我们只相信秋去冬来一年有二十四个节气
相信土地既定的等待才会有麦香
相信冬雪的融化才会有春花
去他的股盘妖怪一般闪烁的灯红酒绿　去他的
要人命的速度与活见鬼的崛起

亲爱的　你看看呵
我的每一颗文字都是完美的滑翔机
她们在诗歌中一颗一颗地出生过一次
亲爱的 是你把我的破日子升级为人生
你一个人就使我拥有了整个人生
你让没有你的我的日子也德才兼备
你让我的生命使用着
我从来没有过的幸福或者疼痛

# 那晚我们种下这个国宝级的汉字

那晚我们用身体写下这个国宝级的字
这个字在我们的嘴唇上怀孕
带着我的血型和你的 DNA
那晚我们用命在制作这个国宝级的字
在我的比冬天更深的深处

那晚你的爱像刀片一样划破我
神的恩宠幅员辽阔
夜晚覆盖了白昼
花朵蛮横地开放比酒神更眩晕

那晚一无所有
但我们什么也不缺
鸟儿在我们的身体里面飞
叫声清脆又诡秘
钟声仿佛回到了钟的内部
我回到了你里面
仿佛回到了我自己

亲爱的 那晚我们种下这个国宝级的汉字
余下的日子 我会像败家子一样

消费这个字　余下的日子

我会像大熊猫只吃箭竹一样

只吃这个字


冬天如此诚实　我爱上了对它的虚度

你走在我身上　我走在花朵身上

一步一道霞光

# 我更喜欢你身体的美让夜晚邪不压正

我喜欢你灵魂的美让交通堵塞

我更喜欢你身体的美让夜晚邪不压正

亲爱的　我正在讲述的是

修辞之外的我们的玫瑰

身体比大脑灵敏的玫瑰

取消了思想的玫瑰

动词的玫瑰

亲爱的　我真想让自己想入非非

流下来　被你的爱豢养得胖乎乎的眼泪


我还要拆开玫瑰的每一个笔画

让她们像吉卜赛女郎一样走下来

安抚我一首一首诗里面的忧伤

我想给绝望放个长假

国假三天外加两个双休日

让它们去外星旅游

让它们最好变成个外星人不再回来


别让我说出玫瑰　别以为我忍得住

你走了　我就一个人自言自语

说你听不见的话

我不愿意有这种话　亲爱的

我多么不愿意世界上有这种话

我甚至不愿意世界上有玫瑰这种花

# 我愿意和你一起光彩照人地去痛苦

在广大的舞台上我们已经学会了随遇而安
在痛苦结束之前
我们就安心做个痛苦的人
在幸福结束之前
我们就安心做个幸福的人
天高地阔我们就安心渺小如蚁
带着热爱风浪的心情热爱此生此世
带着热爱此生此世的心情热爱我们
神给的命运

我们一起向死而生
不仅爱着苦大仇深的幸福
还爱着被幸福蜜饯过的痛苦

如果爱没有击垮过我们
我们就永远不知道什么是爱
如果爱没有让我们死
我们就永远不懂得我们的生

我预备继续痛苦
痛苦后再幸福　幸福后再痛苦

你把我扔在水深火热的生活中
我就水深火热地爱着你
我不能刚忘记就回忆
就如我不能刚回忆就忘记

亲爱的　我愿意和你一起
光彩照人地去痛苦
香喷喷地去死　久病成医地去活
疯了一样老老实实地去活

# 没有你我就不知道我的身体德艺双馨

没有你　我就不知道我的身体德艺双馨

没有你　我的身体

无非就是与别人相处的任何一个身体

身体甲或者身体乙

亲爱的　没有你

我就不知道我的心跳就是花枝颤动的样式

左摆是烟熏舞　右摆就是吉卜赛步

没有你　我的心呵

平庸得在哪里都是一个跳法

亲爱的　没有你

我就不知道我的血液可以流成大江大河

流成壶口瀑布　流成

黄果树大激流　没有你

我的血液啊　那红也只能叫血红


你的名字就是我身体的多巴胺

你的名字就是我命里的去甲腺素

你的名字就是我灵魂的苯和胺化合物

你的姓氏中的每一个字

都是我的荷尔蒙

5G 时代　世界假装绚烂成灾
玫瑰照样是我们唯一的家
永远不需要升级与更新　格式化
亲爱的　我的命是你的 VIP 客户
你的命是我的大佬

亲爱的　我们在彼此的命里
再次获得无用和贫穷　亲爱的
不是别人怎样　我们就得怎样
让别人日理万机去吧　我们走跬步
世界不缺我们
我们也不缺这个世界

不会害怕
再次死亡和返回

写吧　直到把梅花写疯
假装我什么都不害怕那样地写下去
假装我什么都能忍受那样地写下去

# 我用地里长出来的字书写我们的爱

写吧　只有把笔落实在纸上
生命才有实证　证明我的生是活着的那种生
写吧　邀请来的每一个字必须松鼠一样会跳舞
跳舞是一件美妙的事情
能和神说话　写吧
写出来我就能灵魂附体
是能够出窍的命

我用地里亲自长出来的字　地瓜那样的字
芹菜那样的字　书写我们的爱
用死去之后　又活回来的词
癌的词　化疗过的词　有毒的词
匕首的词　手雷的词
写出养在病里的死　写出
只有死才能把我的文字
心疼成命的眼神

写吧　在地狱的隔壁写
用乱找的字　没有安检的字
走私的字　空难的字
写出我们的前世今生和永生永世

在终生不遇一人的地方

我才能遇见你

仿佛我遇见我　你遇见你

# 你对我的爱狭隘像剑上的蜜

你的爱狭隘　封闭
像剑上的蜜　又仿佛蜜上的伤口
怀孕出词语
你的爱一点都不宽阔　像有水的井
不理会全世界　只想把我埋深
像个歹徒　给我灭顶之灾

让别人宽阔去吧　你只在窄窄地爱我
比缝隙还窄　只够我喘得过气来
你通过上帝的窄门去找我　找到我就开始
爱我　蛮横而且不讲理
一根筋那样不讲理　把不讲理讲成真理

花朵是一种错觉　错到恰到好处的时候
就是梅花　梅花就是我的
可以惩罚的身体
没有纪律的温柔　野蛮而且敌意
把幸福弄成一件简单的事　把沉重的肉身
弄得　轻过我
大地骚乱　神的平安自在其中

哭吧哭吧　叫花子那样去哭

活着怎能让你哭得过来　我张望着你

就是伤口对上血型　白血病对上骨髓

疯子对上傻子

我就是我们　你就是我们

我就是你和我　你就是我和你

这错中的乱　这乱中的错

错得负负得正

# 没有你的来生我也是不要的

我这个女人　集中了全人类的残疾

通体幽秘　光明正大地朝着黑暗的死亡里面

走下去　你竟然用命来爱我

爱得比疾病还执拗　比发炎的火焰还尖锐

你这疾病的集团　用一声尖叫

使我废墟一样的身体　再沦陷一次

你用化名去死　你用真名去活

猝死的欲望　比我小小的死亡

还急促　你已管不了自己

像个妖错把我也当个妖来爱

爱与不爱　你已说了不算

你在前世欠了我什么　一定有一个

无比伤感的故事在里面　胜过所有好莱坞的故事

你和我包扎在里面　一定有一个疯狂的剧情

你和我的命倾家荡产在里面　今生今世

上帝罚你来还我　让你来爱我

你爱我　像一个坏了的机关

你自己已不管用

我要把你的灵魂从你的身体里面取走

我要在大量的喧闹中选拔出你的孤独

亲爱的　我喜欢你的那些学贯中西的痛苦
我在这里会把它们招待得很好
用我的那些同样学贯中西的孤独
我的孤独　比收割我们生命的镰刀
有着更冷的意志

亲爱的　没有你的来生我也是不要的
你也不许轻举妄动
如果我不想来　你根本也不需要有个来生

## 你制造的也是我愿意的

把我身体里面的黑暗取走吧　连同
身体里面的思想和灵魂　甚至身体里面的光明
身体里面的伤口　身份和名字
都请你取走
只把我的身体留下来　这不再姓甚名谁的身体
你给她一天的光荣与明媚　你给她
赞美的能力　她听你的话
跟着你进入福祉　进入
波涛的深处　这是你制造的
你制造的也是我愿意的

我无法描述出这神赐的梅花
如果一定要描述出这梅花
必须先描述出我们的被梅花照亮的身体
如果我要叙说出我的身体被梅花照亮的部分
那么必须预先指出
我身体里面被遮蔽的黑暗

这身体里面的黑暗已被你分次取走
我的身体也因此不止一次地阴晴圆缺
这一刻的重量不会轻于我的全部人生

我前世今生都无法得到的东西
并不比眼下的这一刻更动人
甚至更真实　我的一生因此有了历史
我全部的人生因此可以让我泪流满面
那真实的泪水　只有你能给得出
如同你给得出玫瑰身体上的雨

我因不怕死而出生　原来是为了见着你
我甚至大胆到　愿意再有来生
披荆斩棘赴汤蹈火
忍着比死还苦的生再活一次　为了
从来生来世赶往今天　来到
有你的这个地址

# 形而上　形而下　我们全爱

亲爱的　让他们只爱一点点吧

我们一点点也不漏下地去爱

形而上形而下我们全爱


亲爱的　和你在一起

每一分钟都是艳遇

如果我和你相爱一辈子

这一辈子都是我的艳遇

你活着　我就是在艳遇

没有你　我遇到谁都不是艳遇

七十亿地球村的人民　都不是我的艳遇


亲爱的　我们一旦躲在洞穴一样的身体里面

什么样的邪念都可以是对的

我喜欢你那对虫眼一样生动的眼睛

你也喜欢我峡谷一样的嘴唇

我们彼此灭绝是为了彼此救赎

我们覆水难收是为了水落石出

玫瑰因此被你贿赂得如火如荼

我们彼此贿赂得无愧于此生是一对动物

亲爱的　我把自己掏出来送还你
我给你一个不是教徒的女人的信仰
给你　你对你自己的解释　给你
你不知道你自己的那些你身体的伦理
亲爱的　你是你自己无法知道的惊人的良善
你是这个世界上杰出的消息